HAN XIANG
LONG TUTENG 3

2018年度中国作

汉乡

龙图腾3

子与2 著

时代出版传媒股份有限公司
安徽文艺出版社

图书在版编目（CIP）数据

汉乡.龙图腾.3/子与2著.—合肥：安徽文艺出版社,2020.1
ISBN 978-7-5396-6677-8

Ⅰ.①汉… Ⅱ.①子… Ⅲ.①长篇历史小说－中国－当代 Ⅳ.①I247.5

中国版本图书馆CIP数据核字(2019)第107241号

出 版 人：段晓静						
策　　划：朱寒冬		段晓静	统　筹：张妍妍		宋晓津	
责任编辑：姚爱云		段　婧	装帧设计：田星宇		张诚鑫	

出版发行：时代出版传媒股份有限公司　www.press-mart.com
　　　　　安徽文艺出版社　　　　www.awpub.com
地　　址：合肥市翡翠路1118号　邮政编码：230071
营 销 部：(0551)63533889
印　　制：安徽新华印刷股份有限公司　　(0551)65859551

开本：700×1000　1/16　印张：14.25　字数：250千字
版次：2020年1月第1版　2020年1月第1次印刷
定价：39.80元

(如发现印装质量问题，影响阅读，请与出版社联系调换)
版权所有，侵权必究

目　　录

第八七章　春水荡漾 / 001

第八八章　一觉睡成千古恨 / 005

第八九章　拖欠俸禄的大汉朝 / 009

第九〇章　我高兴 / 013

第九一章　"大将军"刘婆 / 018

第九二章　大汉皇帝乱挥刀 / 023

第九三章　没饭吃就没尊严 / 028

第九四章　胆小如鼠的云琅 / 031

第九五章　悲惨的李敢 / 035

第九六章　继续在做工匠的道路上狂奔 / 039

第九七章　阿娇的怒火 / 043

第九八章　骗鹿 / 047

第九九章　玩物 / 052

第一〇〇章　贼喊捉贼 / 057

第一〇一章　寂寞是一种大毛病 / 062

第一〇二章　利国利民的麻将 / 067

第一〇三章　刘彻的大裁军 / 072

第一〇四章　官员的行为习惯 / 077

第一〇五章　臭嘴曹襄 / 082

第一〇六章　曹襄的病是吃出来的 / 087

第一〇七章　大汉国无自由 / 093

第一〇八章　阿娇的家底 / 098

第一〇九章　无所谓的世界 / 103

第一一〇章　秦始皇的放射源 / 107

第一一一章　云琅的愤怒 / 111

第一一二章　王翦 / 116

第一一三章　伟大的演奏家 / 121

第一一四章　龟虽寿 / 126

第一一五章　皇帝的自信 / 131

第一一六章　孟大的理想 / 136

第一一七章　孟家的新方向 / 142

第一一八章　情场失意的阿娇 / 146

第一一九章　《长门赋》/ 151

第一二〇章　曹襄的兄弟们 / 156

第一二一章　冤大头的二次利用 / 160

第一二二章　小心过度 / 165

第一二三章　没什么值得我拼命 / 169

第一二四章　龙图腾 / 174

第一二五章　司马迁的漏洞 / 179

第一二六章　被人尊敬的感觉 / 183

第一二七章　感同身受 / 188

第一二八章　强悍的西汉贵妇 / 192

第一二九章　论阿娇 / 197

第一三〇章　阿娇的大水池／201

第一三一章　云家的新农业／206

第一三二章　千金赋,万金池!／211

第一三三章　不按常理出牌／215

第一三四章　鹊巢鸠占／219

第八七章 春水荡漾

云琅从来都没有劝阻别人的习惯，他认为一个人对自己的行为负责是很正常的事情，除非这人会影响到他的命运。因此，他可以劝阻太宰不要做那些无意义的事情，比如反汉复秦，还有卓姬意图通过婚姻借用司马相如的官威去对付想要侵吞她财富的父兄、霍去病想要养大老虎的事情。霍去病对自己的人生早就有一个完整的规划，那就是要把有限的生命投入无限的反击匈奴大业中去。征服匈奴是他心中最高的理想，他目前所做的一切都是为这个伟大目标做准备的。云琅养老虎是用无限宠溺的法子让老虎离不开自己；霍去病养老虎的法子只有一个，那就是征服！

春天，每一个人都很辛苦，于是，云家从开始耕种以来，就一直在吃干饭，中间甚至还有烤饼子做加餐。人在出苦力的时候，如果吃不好，身体会垮得很厉害。云琅从不对人说干农活有多辛苦，这些天他也下地，身为云家为数不多的壮劳力之一，他更加辛苦。很多诗人羡慕田园生活，却不知道田园生活是一种非常苦的生活。他们喜欢看别人在农田里劳作，喜欢看别人挥汗如雨，把这当成一幅画卷，或者一首诗。如果要他们去辛苦劳作，那就是另外一回事了，耕地跟看人耕地完全是两回事。

"你也能吃得下这种苦？"喜欢吃面条的霍去病小声问道。

云琅停下手里的筷子道："我又不是你这种纨绔子弟。把种子种到地里，秋天才有饭吃！"

霍去病叹息一声道："我怎么就纨绔了？每天四更天就起来熬力气，二更天了还在看兵书战策，想纨绔都没有时间。"

"你舅舅到现在都没消息吗？"

"没有，大军出了边塞，想要消息只有等战况有了结果才成，或者胜，或者败，如同赌博一般啊。我舅母在家里也是忐忑得要命，整天神神道道的，脾气暴躁得让人不敢近身，五天前才处死了两个仆役。你放心，她现在没时间找你的麻烦。"

"找我的麻烦？"云琅诧异地问道。

霍去病看着云琅道："我舅母觉得她被你算计了。"

云琅苦笑一声道："曲辕犁、耧车、水车、水磨、豆腐作坊，比不上她付出的这块地吗？"

霍去病不好腹诽长辈，低声道："马蹄铁实在是个好东西，将军要我代他向你致谢，还说羽林军现在刚刚剿匪归来，正是休养期，你家里如果事情多，可以晚一些去军营。至于我舅母，已经被我舅舅劝住了，我舅舅说你弄出的马蹄铁让他军中的战斗力至少增加了两成！"

云琅重新端起饭碗道："能让我安安静静地在这里活到老死，就是对我最大的宽容了。"

霍去病吃一口苦苦菜，可能不合口味，他皱着眉头吃了下去，对云琅道："我舅母之所以觉得被你算计了，原因就是这块地，她认为你最终的目的就是这块地，为了这块地，你似乎有些不计代价。说说啊，这块地有什么好的？"

云琅叹口气道:"有人对我说过,献殷勤不能无缘无故,看来这句话是对的,我确实付出太多,以后会记住的。"

霍去病点点头,既然云琅不想说,他也不问。吃过午饭之后,他就跟着云琅下地了。

今天的太阳很不错,红艳艳地挂在天上,不算冷也不算热。扶着耕犁,眼看着松软的土顺着犁铧的边沿被抛出,霍去病难得地安静了下来。两个人的话都不多,一个犁地,一个踩着磨平地,广袤的原野上只有微风拂过,一切都是那么平静。

"你见过匈奴人吗?"一块地犁好了,也磨平了,霍去病将牛身上的曲辕犁卸掉,让它自由自在地吃着刚刚发芽的青草。

"没见过,应该是穷凶极恶之辈。"

"我也没见过。听我舅舅说,不需要提前知道,匈奴人在该出现的时候就一定会出现,我们要做的就是杀死他们而已。"

云琅想了一下,觉得卫青这话说得没错。

"我舅舅说草原很大,大得几乎没有边际。张骞说戈壁也很大,也是大得没有边际。比戈壁还要大的是沙漠,那是匈奴人死后要去的地方,他们的灵魂在沙漠里被风沙磨砺之后,又会变成匈奴人,比之前还要厉害。"

"这是胡说八道,草原没有你想的那么大,戈壁、沙漠也是,尤其是沙漠,只是一片没有长草的荒地罢了。匈奴人被你砍一刀也会流血,被你把脑袋砍下来之后也会死。他们不是从沙漠里死而复生的,死了就是死了,新的生命只有在女人的肚子里才能孕育。他们跟我们一样,也需要经历幼儿、少年、成年,最后死亡这么一个过程。匈奴人之所以更加厉害,完全是因为他们的身体更强壮,战技更娴熟,他们的将军越发会打仗了。不要相信那些奇怪的传说。"

霍去病点点头,又道:"农耕结束后,你抡锤子我烧火,我们两个重新给我打造一套武器吧。"

"你的武器不是已经很好了吗？都是百炼钢，我看过，我们两个打造，最好的状况也不过如此。"

霍去病摇摇头，拍着身边的犁铧道："那些武器斩杀了不少叛贼，上面被叛贼的血糊满了。我以后要出征匈奴，需要更好的武器。"

"要凶狠的，还是要漂亮的？"

"自然是凶狠的，如果能淬毒那就更好了。"

"……"

从耕田到播种，中间足足用了半个月的时间。云琅跟霍去病站在一望无垠的田野上，瞅着平坦的良田，满足感油然而生。

"等我立功了，我就去找陛下，也要一块田地，跟你做伴，这样一来你就不显眼了。如果可能，我会多找一些羽林孤儿一起要这里的土地作为赏赐，等我们上了战场，妻儿老小就交给你照顾，我相信你一定能把他们照顾得很好。"

云琅站在刚刚绽出新芽的柳树下得意道："这话倒是真的，其实我最拿手的就是照顾人，我这辈子做得最多的事情，也就是照顾人。"

霍去病大笑道："那就这么说定了，我在前方厮杀，你在后面帮我稳定军心。我要杀到龙城去，我要把匈奴人全部杀光，即便不能，也要把他们驱赶到地狱一般黑暗的地方去。"

云琅笑道："志向不错。不过啊，你好像忘记了我是司马你是郎官这么一个事实。我的官职比你高三级，在羽林军中，我堪称老二！等你成了羽林军的老大再说这话不迟！"

第八八章 一觉睡成千古恨

当青蒜顶出地面的时候，卫青终于有了消息。"车骑将军此次出雁门，阵斩匈奴千长以下三千四百四十三人，俘获裨小王巴彦洞以下一百七十六人，缴获牛羊四万八千头/只，深入右谷蠡王属地六百里。如此大胜，臣谨为陛下贺！"丞相薛泽兼任大司马之职，特意在未央宫大殿上当着百官的面向皇帝禀报了这个皇帝早就知道的消息。随后满殿朝臣纷纷拜倒，举着笏板为皇帝贺。刘彻将黑色的袍袖挥一挥，众臣各自归位。他又命黄门取过薛泽手中的笏板，提起朱笔在笏板上修改了几笔，然后让黄门还给薛泽，道："这几处数字不实，按照这个数字昭告天下吧！"薛泽拿到笏板之后一看，只见笏板上原来记录的阵斩三千四百四十三人变成了一万四千四百四十三人……皇帝改动得很认真，一笔一画都不少……

跟霍去病一起进城买东西的云琅听见了宣礼官朗读的数据，看着霍去病道："一场了不起的大捷，我们去喝酒吧！"霍去病的眉头皱得很紧，他从舅母那里听来的数字可不是这样的。不过既然是宣礼官念的，他不好说什么，催一下战马,与云琅并骑进了阳陵邑。

云家的小院子还在,里面住着两个老妪,五十多岁的年纪,看起来却有八十岁。二人佝偻着腰给云琅打开了家门,迎接家主回来。这两个老妪已经没了劳动能力,被云琅打发到这里看家。云琅四处看了一遍,还不错,屋子很干净。

"婆子们每日都打扫一遍……"

听两个老妪絮絮叨叨地说话,云琅随手取过一包麦芽糖递给了老妪,道:"没事干就到处走走,没必要一直守在家里,这么一把年纪了,还能活几年?活得高兴一些才是正理。"

两个老妪欢喜地接过麦芽糖,她们嘴里的牙不多了,吃不了硬东西,最大的爱好就是含一点麦芽糖吃。

霍去病最不耐烦的就是云琅跟下人絮叨,他本想把手里的战马缰绳给老妪,又怕战马性子暴烈把老妪踢死,就自己牵着战马送到马厩里,倒上清水、饲料之后,使劲地催促云琅快些走。

"今天还要去卓氏那挑好的铁料呢,哪来的工夫跟下人胡扯?"

云琅的游春马根本就不敢往霍去病的战马身边凑,不小心靠近了点,就被一蹄子给踹过来了。"你就不能管管你那匹破马?它总是踹我的坐骑。"

"喊……你那也好意思叫坐骑?大汉国脾气刚烈些的女子都不骑的废物,侯府养了七八匹呢,被我的枣骝踹死了,我再赔你一匹。"

"你的枣骝还不是见到大王腿就软?屎都被吓出来了!我家的游春马至少敢在老虎身上乱蹭!"

提起老虎,霍去病就没话说了,他恨恨地跺跺脚,强忍着性子看云琅安慰游春马。

卓氏的铁匠铺子在城西,云琅跟霍去病去的时候才发现,半年多不见,这里已经有了很大的变化,至少在规模上比云琅当大掌柜的时候大了两倍不止,看样子这里的生意很好。新来的大掌柜是平叟的二儿子平沅,他是一个胖子,跟精瘦的平叟一点都不像,看来是报应!那个老家伙惯会以权谋私,就这德行,还想着把他不成器的大儿子塞到云家当大管家呢。

平沅对云琅跟霍去病的到来非常惊喜,亲自陪着两人在铁匠作坊里乱窜。"云司马、霍郎官,主人走的时候就吩咐,若是您二位来了,只要是我卓氏有的,一定要拿出来请您二位过目。"平沅知道云琅才是铁匠一行的行家,见云琅对他拿出来的精铁嗤之以鼻,连忙解释道。

云琅不理会平沅,对霍去病道:"不成啊,铁料里的杂质太多。黑里泛黄,说明铁料里面含硫,冶铁的时候没有把这东西烧掉,导致铁料变脆,还很容易生锈;烧的时候,炭火太软,供风不足,导致炉温太低,没有彻底地让铁料液化,成品铁料里面夹砂:是废品。"听了云琅这番话,平沅的脸一下子就变成了苦瓜,好好的精钢被云琅一说,立刻就一钱不值了。

云琅瞅着平沅道:"没贬低你们铁料的意思,事实就是如此。别家的铁料如何?"平沅精神一振,立刻派人取来了大汉最大的冶铁商人孔仅家店铺里的铁料。

云琅瞅了一眼,将两块铁料敲击一下,随手丢在地上,对霍去病道:"全是垃圾!"

霍去病皱眉道:"这么多,没一块能入眼的?"

云琅摇头道:"没有,比我以前监工的时候还差,这些铁料用来打造农具有余,用来制造兵刃就是笑话了。"又对平沅道,"如果不想给你主人招灾,就尽量不要去碰军械制造。"说完就带着霍去病直接去了铁矿场,平沅能不能听进去是他的事情,与云琅无关。

看到满场子的黄铁矿云琅就没有话说了,如果卓氏想制造硫酸,这东西自然是好东西;如果不制造硫酸,这东西完全就是废物。现在云琅才知道卓姬被她父兄害得有多惨了,明白了她为什么会不惜代价地嫁给司马相如,好借用司马相如那点官威来对付父兄。将冶铁的好原料云子矿（赤铁矿）与黄铁矿混着坑自己的闺女，这样的父亲也真是奇葩，商业对手都干不出来的事情，被他成功地利用自己闺女的信任给办到了。

"这是从蜀中运来的铁矿，铁把头不敢用……我就稍稍掺了一点加在云子矿里面冶铁……"平沉显然是知道内情的。既然卓姬已经在蜀中处理这件事，云琅也就不想多说，霍去病说得没错，闲事管多了会招来猜疑。

云琅让铁匠铺子里的伙计从大堆的黄铁矿里拣出一些混杂的云子矿，足足有五百斤，就让铁匠铺子送去云家庄园。霍去病很认真地付了钱，平沉想不接都不成。这方面霍去病是跟云琅学的，能用钱解决的事情千万不要用人情去解决，不论是谁的人情。

走出卓氏铁匠铺子之后，霍去病就一直用奇怪的眼神瞅着云琅，云琅问他看什么，他只是摇头，什么都不说。回到云家小院子之后，他才笑道："你把卓姬给睡了？"云琅身体一震，愣住了。霍去病笑道："看来是真的。"

事已至此，云琅也丢掉脸面道："你怎么知道的？"

霍去病笑得嘎嘎的，见云琅面色铁青，这才止住笑声道："该知道的全知道，不该知道的自然不知道。你以为孀妇是好占便宜的？人家付出了，就一定要收回一点利息。我母亲跟姓霍的有了关系，姓霍的就养了我母亲十一年，直到我舅舅发迹之后，才算是断了联系。因为我舅舅的关系，现在再联系姓霍的，吃亏的就是我母亲跟我舅舅。直到现在，我母亲都说那时候的做法吃亏了……"

云琅痛苦地发现，大汉女人没有隐瞒情人的习惯。云琅努力地吞着饭，他很不习惯大汉女人的这种做法。

霍去病一边吃饭一边看着云琅道："这不算什么，别人说我舅舅是陛下的××，我舅舅都没有反驳，你这点事算什么？"事实证明霍去病这个大嘴巴就不会安慰人，他越安慰云琅，云琅就越想哭。一觉睡成千古恨啊！

第八九章 拖欠俸禄的大汉朝

跟人偷个情都会被宣扬得满世界都知道，云琅这时候很想跟狗搂着睡一觉。打铁，是最好的宣泄过剩精力的法子，不论晚上做了多少春梦，白天只要抡着锤子一口气砸百十下铁块，保证什么心思都起不来。

家里有煤石，这是云琅用粮食跟野人们换来的。煤石是不能冶铁的，必须先弄成焦炭才成。这跟烧木炭基本上是一个流程。先在一个半封闭的炉子里将煤石堆积起来，用柴火点燃，接着让煤石在缺少氧气的环境里慢慢燃烧，等烟囱里不再冒烟的时候，就把水灌进去……最后得到焦炭。这个法子很蠢，一多半的煤石都会被烧成灰，留下来的煤石有原先煤石重量的三成就算不错了。代价很大，效果却非常明显，虽然焦炭不容易点着，如果不用鼓风机，很难持续地燃烧。为此，云琅不得不再制作一个水力鼓风机，作为使焦炭持续燃烧的氧气供应设备。当然，如果需要大火，还是需要有人在一边用力地拉动风箱的。焦炭比木炭耐烧得太多了，很多时候，只要猛力拉动风箱，木炭就会在很短的时间内烧完，而焦炭不会，它至少能满足三次到四次煅烧的需求，比木炭耐烧十倍都不止。

　　脱掉上衣仅仅穿着短裤的霍去病很耐看，长腿、长胳膊，常年保持冷峻的面孔，有的是迷死女人的本钱，如果不是那两条有些可笑的眉毛，这就是一个极为标准的冷峻王子形象。霍去病对云琅洁白的皮肤嗤之以鼻！他认为云琅这样的人就该出现在男风馆，而不是进羽林成为勇士。

　　炼钢是个力气活，把家里的几个壮劳力全部占用了，其实也就是云琅、梁翁跟褚狼罢了。

　　霍去病想要一杆马槊！他舅舅就有一杆马槊！对于云琅来说，制作马槊的枪头还是比较容易的，只要锻打出百炼钢，两边弄成锋刃，再配上几道血槽，成三棱破甲锥模样，最后再淬火，枪头就算完成了。

　　然而，想要制作马槊杆子那就麻烦了。这东西一般都是选最好的桑树或者柞树的枝干，鸡蛋粗细，至少需要三米长，然后把这个杆子破成细条，弄掉里面脆弱的树芯，泡在桐油里面一个月，拿出来风干，缠上丝麻铜丝一类的东西，涂上鱼胶，再泡在桐油里面一个月，拿出来风干后再缠绕丝麻铜丝，接着泡桐油……等这个东西在用大力弯曲之后能够成一个大圆，首尾相接，才算成功，一般到这个程度，三年时间就过去了。

　　最后装上枪头，给枪攥绑上防止血流到枪杆上影响握枪手感的枪缨，以及同样有杀伤力的枪尾，一杆马槊才算是真正成形。

　　这东西最大的好处就是杀伤力大，正面交锋，鱼鳞甲、皮甲几乎都会被一击而破。大汉的铠甲云琅见过，怎么说呢……就是由几个铁片链接成的一个东西，仅仅能护住要害，防护力非常有限。整整一个春天，霍去病都沉浸在与云琅讨论制造军械的快乐当中。

　　汉人最令人讨厌的毛病就是显摆……出来了一个寒光闪闪，满是锯齿，可以刺，可以砍劈，还可以锯的枪头，霍去病就会回一趟羽林军。出来了一个中空的里面可以装毒药的枪尾，霍去病又会消失一两天，回一趟羽林军。跟云琅讨论铠甲，然后在云琅将大汉鱼鳞甲、皮甲贬得一文不值之后，霍去病也会消失几天……这仍是一个靠着集体才能生活的时代，个人力量在洪荒面前依旧小得可以忽视。

一个单独的农夫是没有办法生活的，一个单独的猎户同样也没有办法生活。在与大自然的搏斗中，汉人、罗马人尽管已经是最强大的种族，但依旧处于劣势。长安城外五里之处就是虎豹成群的秦岭，有时候，饿急眼的野兽还会窜进城里偷偷地叼走一两个人吃。在跟大自然搏斗的过程中，他们养成了相互沟通、相互学习的习惯，只是在对待发明者的态度上，他们显得非常吝啬，甚至认为用你发明的东西就是看得起你。云琅伤心地怀念着后世……

云家的粮食用处很多：野人在山里抓到一只鹿，会来云家换粮食；野人在山里挖到了一棵别致的植物，会拿来跟云家换粮食；野人在山里弄到了一块煤石，也会来云家换粮食；有的时候，野人里面有漂亮的小姑娘，也会被他们的爹娘牵来换粮食……云家是这片荒原上出了名的童叟不欺的人家，连野人都不欺骗……

"小郎，您看看这个小女子，眉眼长得多好啊，虽然瘦了一些，只要吃几天饱饭，很快就有模样出来……咱们家买下来好不好？"云琅瞅瞅黄头发流鼻涕的小姑娘点点头。"小郎，您看这朵花多漂亮啊，咱们家买下来好不好？"云琅瞅瞅野人抱在怀里的野百合点点头。"小郎，您看这一篮子桑葚……"云琅看看桌子上自家仆妇摘来的桑葚，叹口气，还是点点头。点头多了，粮食就少了，家里的伙食也就变差了……那些被云家收拢的妇人，还是会源源不断地往云家带人带东西，而云家的男性壮劳力，依旧是——三人！

匈奴人总是来，边关总是在打仗，因此，边关的人很喜欢往三辅之地逃难……壮劳力谁家都想要，妇孺谁家都不想要，宁愿跟妻儿老小一起饿死也不愿意分开的人正在迅速减少……云家的妇孺人群却在飞速地壮大。

"你就是一个色鬼！"霍去病从羽林军回来之后，看到满院子跑的都是妇人小孩，就对云琅这样说。

"是啊，很麻烦，夜夜春宵也顾不过来，你应该帮我分担一些。"

"有办法，你弄的那个铠甲实在是好东西，有很多人想买，要不，就让他们用粮食换？"

"那会累死我的。"

"其实你可以不累的，他们喜欢自己打制自己的兵刃、铠甲，你只要教会褚狼，让梁翁看着，就没问题了。"

"也行。一套铠甲要多少粮食合适？"

"一千石吧！"

"贱了！"

"羽林孤儿能有多富裕？"

"铁料自己想办法，我不管！"

"本来就是如此！"

"那就先给我弄三千石粮食回来，家里快断粮了。另外啊，我听说周亚夫给自己弄了五百套铠甲当陪葬，就被皇帝给逼得活活吐血死了——军械制造上的麻烦要他们自己去搞定。"

霍去病面色平静，瞅着云琅道："廷尉不查羽林军，有事都是中使来查问，郎官以上将领的处置，需要陛下自己审理。你是羽林司马，给自己的部属换甲胄本身就是职责之内的事情。放心吧，没人会多事地过问羽林军的事情。"

云琅忽然想起自己是羽林千石司马，可是到现在自己都没有领过俸禄，就连忙问霍去病："我的俸禄呢？"

霍去病挠挠脑门，瞅瞅外面的天色道："这要等到秋收！"

"去年的呢？"

"去年大灾，就没有……"

第九〇章 我高兴

一个官员要是混到靠俸禄过日子,他这个官就当得很没意思了。张汤就是一个依靠俸禄生活的人。他来到云家查看西域种苗生长状况的时候,人已经变得很瘦了,颧骨都高高地凸起,只是这家伙面色依旧红润,精神勃发得厉害。这简直就是一个喝凉水都能活的人,甚至只要给他官职,给他审问犯人的权力,他不喝水喝西北风都成。

来到云家,张汤把吃派饭的铜牌子丢给云琅,然后就让梁翁带着他去了田野。胡萝卜很好吃,云家已经吃了一茬,现在是第二茬。张汤从地里拔出一棵指头粗细的胡萝卜,在水渠里清洗干净就开吃,最后连缨子都没放过,吃得比羊都仔细。"长势很好,要记得留种,秋后上缴种子十斤,不可短少!"梁翁面对官员的时候一般不敢说话,跟在后面的云琅连忙道:"这是一定的。"

云家种植的葡萄只有一尺高,连架子都不需要搭建。云琅见张汤又有下手的意思,连忙阻拦道:"这东西刚刚长出来,留种其实就是剪下枝子扦插,想要留种扦插,至少要等三年。"

张汤点点头，指着才一根指头高的核桃苗道："这东西也是？"

云琅摇头道："不是。这东西只要把核桃用水浸泡，等核桃壳裂开之后种下去就可以了，不用留种。"

"这个留种二十斤！"云琅见张汤又指着冬瓜苗发号施令，还加倍，知道这是在惩罚自己给他解说核桃、葡萄留种的不当言辞。可是冬瓜明明是关中的东西，已经种植好几百年了，他难道不认识？

云琅连忙道："大夫好眼光，这东西产量大，下官准备重点培育，秋后上缴种子三十斤还是可行的。"冬瓜是云琅准备储存到冬天吃的蔬菜，自然种了很多，他甚至准备用冬瓜腌制瓜条给孩子们当零食吃。至于贩卖，还是算了。在大汉，还没有形成商业环境！所有的人都在致力于自给自足的生产方式，而能在一个很小的圈子里做到自给自足，就是地主最大的胜利。

张汤对云家种了非常多的油菜持反对态度，他认为应该种粮食……云琅没办法告诉他，在人的食物构成中，油脂远比粮食能产生更多的热量。这一点在张汤吃饭的时候得到了验证。他吃了一半的肉菜，把剩下的一半装进了食盒。这东西是他带来的，是一个漆盒，纯黑色的，上面星星点点地镶嵌着白色的碎玳瑁，玳瑁被打磨平整了，在纯黑色的漆盒表面上散发着淡淡的荧光。盒子是空的，就只是一个艺术品，如果装了七八只鸡腿、鸡翅，跟半个猪蹄髈、大半条红烧鲇胡子鱼、半盒子白米饭，就变得很有生活气息了。张汤小心地盖上盖子，亲手擦拭了一下漆盒外面的汤汁，递给亲随道："日落之前，快马送回家里。"亲随领命，提着漆盒，跃上了战马。八十里路，快马只需要一个半时辰就能赶到。

张汤见云琅在看远去的亲随，毫不在意地挥挥手道："家中还有老母！"

云琅疑惑道："再做一些菜就是了，何必……"

张汤摇摇头，继续就着剩下的黄馍馍吃着野菜，似乎觉得这不是一个需要解释的话题。"听说你最近在制造甲胄兵刃？"张汤用最后的一点黄馍馍擦拭了一下餐盘里的汤汁，满意地吃下去之后才问云琅。

"不是在制造，而是在修造羽林军们的武器！"

"那就是在制造！带我去看看。"

云琅带着张汤来到云家小小的铁匠房，里面一个膀大腰圆的家伙正在抡大锤敲打面前的铁条。见云琅进来了，他就让梁翁夹着铁条重新放进焦炭火中煅烧，自己擦一把汗道："还不到百炼！"

云琅看一下炉子里的火苗道："炉温可以再高一些，煅烧的时间再短一些，不能有熔化的迹象，现在需要把更多的碳敲打出来，免得这块铁太脆！"

壮汉瞅瞅张汤，皱眉道："中大夫来此所为何事？"

张汤饶有兴致地翻检着木头案子上的工具，又看看旁边架子上的一柄马槊头，再瞅瞅炉火里正在煅烧的铁条，笑吟吟道："公孙校尉在翻造自己的兵刃？"

公孙敖笑道："没错，以前的兵刃在右扶风有了损伤，不堪使用，就拿到这里重新锻造一番。如果有不妥之处，还请中大夫海涵，末将这就改过。"

张汤笑道："这有什么不妥的？公孙校尉既然在为自己修造武器，自然是合适的。"又对云琅道，"以后凡是在这里修造的武器甲胄，必须记录在册，每隔一个月，交与本官查验。"说完就走了，甚至没有跟公孙敖打个招呼。

云琅自然很高兴，只要自己做了记录，有了地方呈现，云家制造军械也就多了一重保障，起码以后如果有麻烦，会有人站出来证明云家是在为将士们修武器，而不是别有用心地无视国朝体制制造武器。

"呸！"公孙敖重重地吐了一口口水，对云琅道，"怎么不关好门，让豺狗进来了？以后少跟他扯关系，谁扯谁就死得更快！"说完，他见炉火里的铁条被煅烧成了亮红色，就让梁翁夹出来，小锤领路，大锤发力，铁匠房里又响起了叮叮当当的打铁声。

云家的主楼是看风景，尤其是看晚霞的好地方。张汤坐在二楼跟云琅喝着茶水，欣赏日落的美景，谁都没有说话。今天的晚霞很有看头，天边飘浮着一片巨鲸一般的云彩，被阳光镶上了一道金边，旁边有一些棉絮一般的碎云片，宛如巨鲸鼓荡起来的波涛。云随风走，"巨鲸"也在慢慢飘移。过了一会，"巨鲸"被高天上的狂风撕扯成碎片，很快就变成一群在波涛中飞跃的"海豚"，最后，终于什么都不是了，太阳也落下了西山。

"不要总在律法的边缘游荡……很危险！"张汤的声音很低沉。

"没法子啊……"云琅指指正在院子里吃晚饭的仆妇孩子们，叹了口气，摇摇头。

"你不必这样做的。"

"是啊，我不必做。可是我不做，谁来做呢？"

"这是天道！"

"这不是天道。给他们一点粮食，他们就能活……"

"太多了……"

"救一个是一个，等我完蛋了，帮不了他们了，我至少问心无愧。即便是倒霉了，我也能告诉他们我尽力了，他们如果再死，就跟我没关系了。"

"求心安？"

"必须的！"

"这些孩子长大之后，你云家就成大地主了，会拥有很多壮年且忠心耿耿的仆役。"

"您想多了，他们长大之后，有的可能会成为商人，有的可能会成为农夫，有的可能还会成为官员，有的甚至可能会成为为国杀敌的将军，谁知道呢？"

"你准备等他们长大之后全部放良？"张汤吃惊地看着云琅，他无论如何都没有想到云琅会这样回答他。

"云家只有三千亩粮食地，可养活不了这么多人！"

"没有土地可以买,即便在上林苑不可能,也可以去别的地方买,大汉并不禁止土地买卖!你这样不求回报地做,到底是为了什么?"

云琅哈哈大笑道:"我高兴!"

第九一章 「大将军」刘婆

"你高兴？"霍去病的惊诧声好大。

"对啊，我高兴！老子如果想要求官，这不是难事。今年春天，阳陵邑还因为我在去年冬天收拢了灾民，且活人无数，给皇帝上书保奏我为孝廉。你也知道，孝廉是个身份，只要愿意，我就能当一个小县的县长。如果为求财，心黑一些，脸皮再厚一些，老子早就腰缠万贯了。既然我没心思当官，也没心思求财，我活得高兴一点，求点心安，有什么不可以吗？"

霍去病瞅了云琅半天，哧的一声笑了出来，他不觉得云琅会成为一个圣人。这家伙做每一件事情都有目的，而且目的性很强，不可能白白做好人而不求回报。

"你这话说出来我也不信啊！"太宰坐在油灯底下，继续编自己永远也编不完的竹简。

"本来就不指望别人能信！我家大王信了就成，是不是啊，大王？"老虎抬起头张大嘴巴嗷呜叫一声，算是回应了云琅的问话。"你看，大王信了。"

太宰见云琅跟老虎扭作一团，笑了一下道："日子快到了，你做一下准备，我们该去祭拜陛下了。"

"我真的很不想去……"

"不去不成，那是我们的根。"

"我怕看到里面的好东西，忍不住想拿。"

"那就拿呗！玩腻味了记得放回去就成。"

"带大王一起去。"

"那就带着，它也算是陛下的臣子，毕竟守卫皇陵好几年了。"

"先保证你不会在皇陵里干什么奇怪的事情，尤其是自杀这种事情不能做，你必须做出保证。"

太宰烦躁地丢下手里的刀子，怒道："我活得好好的，为什么会去找死？一句话，你去不去？"

"去，去，我其实早就想看看，只是担心你会干一些乱七八糟的事情，才拖延至今。"

"这还差不多。时间到了我告诉你，你准备三牲、香烛、龟甲，我写文表。记得给我弄几块玉圭，光板白玉就成，千万不要刻好的，拿回来我自己雕刻，汉制与秦制不同，万万不可出错！"

祭拜皇帝很麻烦啊，三牲就很要命，猪、羊好说，麻烦的是牛……云琅拼命地"搜刮"三辅之地剩余的耕牛，用了大半年的时间，才弄了十六头。这十六头牛，全部在官府的册页上，少一头都会有大麻烦。

事实上，大汉大规模地用牛耕田才刚刚开始，牛的主要用途是拉车。曲辕犁出现之后，耕牛的价格才涨起来了。以前耕牛虽然已经开始使用，却没有骡子、驴子那么普遍。也就在今年，皇帝在充分认识到耕牛的作用之后，才下了不准随意宰杀耕牛的命令。三牲其实只要首级就成，硕大的身子基本上没用，看样子庄子里的人又要大吃一顿了。白玉圭也不好找，这东西的买卖是有限制的，杂色玉基本上有钱就能买到，只有白玉属于皇族专用，非常讨厌的是这东西根本就没地方买。不过啊，霍去病有……云琅觉得牛头也应该找霍去病要，长平公主这人最大的喜好就是吃牛肉，所以她家里时不时就摔死牛。牛肉在大汉是最高级的食物，什么虎鞭、熊掌、豹子胆、象鼻子都要靠后。皇帝的禁令对皇家人基本上没有多少约束力。

"你看，就是这个样子，我想做到独立，事实上却做不到——要用铁器就必须去找卓氏，想吃牛肉就必须找你，家里用的盐巴只有东郭咸阳那里有的卖，更不要说盖房子、修花园这种事情。何况我还不敢把家里弄得太舒坦，万一皇帝看中了，一句话我就得搬家，这很糟糕。"

霍去病赤裸着上身，趴在沙模子上，云琅跟褚狼踩在他的背上增加重量——为了制造出一个标准的铠甲模子，他只能这么干。确定合适了，霍去病才从沙模子上爬起来，云琅专心地用小刷子往霍去病用身体压出来的模子上刷水。云琅会一点钣金，技术却不是很好。以前机场有一个很牛的大师傅，他用一柄木槌就能敲出需要的形状，且不用任何模具。云琅没那个本事，只能先制作出模具，再把铁板贴在模具上，按照模具的形状，一点点地把铁板敲成铠甲。没错，云琅跟霍去病商讨之后，霍去病打算给自己制作一副铁板铠甲，一副能最大限度保护上身的铁板铠甲。这需要不断试验，最后才能成功，所花费的银钱自然不会少，据霍去病说，这些钱都是长平掏的。

这几天家里非常忙碌，原因就是家里的蚕已经成熟了，刘婆她们用竹片子打成方格做成了茧山，每一个格子里都放一条身体肥胖的大蚕。这些蚕已经不吃东西了，进了茧山之后开始胡乱动弹。云琅万万没有想到，当初就买了五百张蚕种，现在居然会有这么多的蚕……那些仆妇细心地把人住的房子彻底地清洗了七八遍之后，那些房子全部变成了蚕吐丝的地方。至于人，全部睡在外面，眼巴巴地等着这些宝贝吐丝。

刘婆已经两天没睡觉了，声音嘶哑得厉害，训斥起人来却丝毫不留情。她的威望已经在养蚕的过程中培养起来了，妇人们都在她的指挥下井井有条地干活。云家庄子里的火把彻夜不熄。

"你家的婆子真不错！"霍去病难得夸赞一声。

云琅看着蚂蚁一般忙碌的妇人们，叹息一声道："昨日入城市，归来泪满巾。遍身罗绮者，不是养蚕人！"

霍去病瞅了云琅一眼道："这有什么问题吗？"

云琅摇头道："没问题！这都是贵人们该有的享受！"

霍去病笑道："你以后就该这么想，你话里的'遍身罗绮者'，就有你一份。"

"扯淡，我从来都不穿丝绸！"

"你才扯淡呢！你不穿丝绸，这些仆妇养的蚕吐出来的丝最后卖给谁？她们拿什么养家？"

"市场论啊，霍兄大才！"云琅的拇指跷得老高。

"开始吐丝了——"只有丑庸的大嘴巴能喊出如此大的声音。然后就看见她嘴里塞着一个小笤帚被刘婆给赶出来了。

云琅跟霍去病很好奇，他们两个都没见过蚕吐丝的场景。二人走进最大的一个蚕室，顿时被眼前的场景给震撼得不轻——放眼望去，整个屋子里全是呈"8"字形摇动的蚕脑袋，一根根肉眼几乎不可见的蚕丝被吐了出来粘结在茧山上。刘婆骄傲地跪坐在地上，看着眼前这些吐丝的蚕，眼中有说不出的温柔。她是这里的王！

云琅跟霍去病两个闲散人员不能打扰刘婆最幸福的时刻，二人悄悄地退出来之后，云琅就吩咐丑庸给刘婆做一大碗肉臊子面。

"她刚才嫌我说话大声，往我嘴里塞笤帚！"丑庸有些委屈。

"这时候家里她最大，别说往你嘴里塞笤帚，就算是往我嘴里塞笤帚我也只能忍着。你说说，刚才的场面好看不？"

"好看！"

"壮观不？"

"壮观！"

"这就对了。每一条吐丝的蚕都是刘婆的底气，这跟每一位军卒都是大将军的底气是一样的。傻丫头，你刚才违反军规了，不信，你问问在军中无故喧哗是个什么下场。"

"斩首示众！"霍去病冷冷道。

丑庸缩了一下脖子，二话不说就匆匆地跑去厨房给刘婆做肉臊子面吃。

"你家的这个婆子确实不错！"

"这话你说两遍了。"

"这样的婆子从哪找的？将来我搬出去之后也需要这样的婆子。"

云琅笑道："你如果肯对你家里的婆子好一些，这样的婆子你家里也会有的。"

第九二章 大汉皇帝乱挥刀

"小郎,老妪估计啊,咱们家这一季桑蚕能产六千束丝。接下来就要煮茧缫丝了,家里的器具不全,要尽快添置。"刘婆今天收拾得很干净,头发油光光地梳在脑后,隐约有点桂花油的味道。有了成果,这个老妇人坐在云琅面前再无昔日唯唯诺诺的模样。说到六千束丝,云琅对这个数字是没有概念的,他仅仅记得在某一个青铜器上曾经记载过匹马束丝的典故,也就是说,一匹马、一束丝可以换五个青壮奴隶!那个时代估计要远比西汉早,不过,以西汉的社会发展状况来看,一束丝也不会便宜到哪里去。

"一束丝可以换一袋米!"刘婆担心云琅这种不学无术的富贵子弟对一束丝没有概念,用手比画了一番,好让云琅有一个正确的认识。"白米!"说完,她又补充了一句。

云琅一句话不说,在家里的大柜子里找竹简——刘婆卖身的竹简,好不容易找到了,就放在刘婆面前道:"想恢复良人身份不?"

刘婆眼中含泪,哽咽着道:"老妪跟女儿两人如何做良人?老妪愿意在庄子上给小郎做牛做马一辈子，只求您容老妪将女儿养在身边，待她出嫁的时候恢复她的良人身份。"

云琅笑道："男孩子都有身契，女孩子就没有身契，她本身就不是仆役，何谈什么良人不良人？"

刘婆愣了一下道："没有？"

云琅笑道："男孩子是没法子的事情，他们只要过了十二岁就要缴纳赋税，为了逃避赋税才给他们订立了身契。女孩子又不用，十五岁之后才算成人，我们为什么要订立身契啊？"

刘婆端端正正地一头磕了下去，云琅拦都拦不住。刘婆磕头完毕之后流泪对云琅道："小郎是天底下最好的人！"

云琅哈哈大笑道："你不说我也知道我是！这是你的身契跟三两好银，存好了，给闺女当嫁妆。"

刘婆破涕为笑，收起了三两好银，却把身契留在原地，见云琅不解，就笑道："老妪还是继续当仆役的好。"

"聪明人啊！"云琅挑起大拇指夸赞一下，见刘婆笑眯眯地看着他，就笑道，"没想到养蚕的收益这么大，既然是一个好路数，我们就不能放过。刘婆，你从仆妇里面挑出三十个人，咱们家准备建一个专门养蚕的作坊，现在规模小一些，等咱家的桑田长成之后再建一个大的，如果可能，我们就建一个五百人规模的养蚕场。你来当养蚕场的掌柜。你现在就下去做准备，要买还是要做什么器具，就找你闺女跟丑庸她们列出单子，然后去阳陵邑购买，没有的我们找工匠做。"

刘婆无端得了一个大掌柜的身份，又是欢喜又是担心，被云琅鼓动如簧之舌忽悠了一番，就雄心勃勃地去干事了。

没想到第一次养蚕，就弄了六千束丝，如果把养蚕事业规模化，利润还会进一步增加。这个世上没有人比云琅更清楚规模化养殖的利益有多么令人心动了。云琅早就把自己定位成农夫，既然是农夫，当然要干养殖这个符合身份的行当。等家里的牛、羊、猪、鸡、鸭、鹅多起来了，一个个地都搞规模化养殖，就算没有防疫措施有可能会损失一些也不要紧，只要成功一次，就能经得起两次的损失。更何况，这个时代有没有鸡瘟、猪瘟还两说呢，至于羊瘟、牛瘟、马瘟还是存在的。大汉的马厩里面往往会有一只猴子乱跳乱蹦跶，被人称为"弼马温"，据说在马厩里养猴子就能避免马瘟，也不知道是不是真的。马、牛、羊被成群结队饲养的时间太长，出现这些疫病不算稀奇，而猪、鸡、鸭、鹅还从未被大规模饲养过，云琅很想试试。大汉农民之所以会过得如此凄惨，最大的原因就是生产力极其低下，农具极度落后，农业最发达的关中都是这副模样，不难想象关中以外的地方是个什么模样。刀耕火种，应该是一种普遍的生产方式。

"我是不是应该找时间去趟军营啊？公孙敖将军拿走了长刀跟马槊头尾之后就不再来我家了。"

"不用！"霍去病停下手里的锉刀，让云琅的耳朵清净了一会。

"为什么？难道说将军喜欢我吃空饷的样子？"

"不是的。将军跟我的意见一致，宁愿你在这里吃空饷，也不想让你去军营带坏别人。你仅仅在军营外面趴着睡了一晚上，就把咸鱼的大名传遍了军营，最要命的是，你还用最短的时间升到了军司马的位置。如果让你进了军营，天知道那些为了立功升官光宗耀祖的兄弟会干出什么事情来。靠一张嘴巴就能升到军司马这个位置上的，你是第一个。"

"哦，那就算了。我让你找的白玉找到了没有？"

"找到了，在我背囊里。话说，我真的不能把这种双肩背的背囊推荐给兄弟们吗？真的很好使。"

"想都别想。一旦家里的麻收获了，我就要制作长丝厚麻布，最后用来制作这种背包换东西。你们现在没有结实的材料，做出来的不合适，还是不要做了，免得坏了我的名声。"

霍去病笑道："还以为你真的不在乎呢。"

云琅摇头道："我之所以大度，是因为在这个时候我必须大度，整个国家变好，我才能变得更好。如果别人都没饭吃，就我一个人吃得脑满肠肥，最后的下场就是大家围着我的尸体来一场饕餮盛宴。孔仅已经完蛋了吧？听说张汤正在他家清点财货卖他的家眷呢。东郭咸阳正在干什么？这一次仅仅是买民爵就花了三千万钱，他真的需要那个一钱不值的民爵？不过是花钱买平安罢了。"

霍去病皱眉道："看来必须要有军功。"

"拉倒吧，周亚夫的战功不比你舅舅的大？他还是开国功臣周勃的子孙，还不是被贤明的先帝给逼死了？魏其侯窦婴身份何等高贵，七国之乱的时候率领大军破七国功封魏其侯，煊赫一时，结果如何？就因为灌夫那个长了一张大嘴巴的家伙得罪了田蚡，连累魏其侯也死无葬身之地。我算是看出来了，大汉陛下有横着挥刀乱砍的习惯，只要是超过他挥刀高度的家伙，不论是谁，都是被砍成两截的下场。你以后上了战场就去杀敌，回来了就跟着我学种地。你富贵一点没关系，千万不要给皇帝留下位高权重的印象，一旦这个印象产生了，你也就离死不远了。"

霍去病抬头瞅着天花板道："我已经被你带坏了。以前要是听到这些话，我会发狂，一定会砍掉你的脑袋，现在听到了，为什么觉得很有道理？"

云琅敲敲他的脑门道："这说明你已经开始独立思考了，这很重要，比你立下军功重要得多了。"

"我还是想打匈奴！"

"打啊，我也想打，就是没什么机会！"

霍去病拉着云琅的手道："放心，我一定会找到机会的，到时候可以带上你。你这人打仗不行，把辎重交给你应该可以放心。"

云琅笑道:"我才不跟着万里远征呢,你抓到匈奴人之后,给我留几个劣迹斑斑的,让我练习一下箭法就成。"

"那怎么成?这是杀俘!"

"反正都是要被砍头的,我装扮一下刽子手不成吗?"

霍去病露出自己满嘴的大白牙笑道:"好啊,会有这一天的。"

第九三章 没饭吃就没尊严

长安三辅目前的局势很紧张。没错,就是很紧张。由于卫青的大军杀了右谷蠡王属下的很多人,右谷蠡王发誓要报复。消息是从军中传来的,准确地说,是从卫青带回来的大军中传来的。这让皇帝非常恼怒。卫青刚刚回到长安,就被使者带进了皇宫,天快黑的时候才从皇宫里走出来,神情憔悴。边军难得进京一次,被安排在了细柳营,掌管军队的将军、校尉们却被安排进了馆驿。羽林军也进了细柳营,这支军队将暂时由他们掌管。霍去病也去了。至于云琅,羽林军中的每一个人似乎都忘记了还有他这么一位军司马。

云家土地边缘栽满了麻,这东西生长得很快,还会产一些麻籽,用来榨油是很好的,只是用麻籽油炸出来的油饼发绿,云琅不是很喜欢。说到油饼,云琅立刻就馋了……可以说,自从来到这里之后,他总觉得嘴里寡淡得厉害,总是想吃点什么东西弥补一下,可惜这里的很多食物只有填饱肚子的作用。

仆妇们正在清理麻上的嫩枝,好让麻长得修长一些,这样剥下来的麻皮就能长一些。最好的麻甚至能长到两米高。麻虽然是一年生的草本植物,只生长了三个月，就已经有半人高了，郁郁葱葱的。管仲纵有千般不是，"仓廪实而知礼节，衣食足而知荣辱"这话说得还是很有道理的。

云琅从霍去病嘴里得知，卫青这一场大战其实并未占到多少便宜，准确地说，他没有遇到右谷蠡王的主力军队。大军这一次出关，仅仅是横扫了六百里线路上的匈奴人部族，大军战损了一千四百余人……马蹄铁经过这一场战役之后被证明是有效的，除了累死、病死、被敌人杀死的牲畜之外，只有十六头牲畜是因为蹄甲出了毛病被淘汰的，其中有九头牲畜出事的原因是马蹄铁中途脱落……

大汉耗费了大量的人力、物力，牺牲了大量的战士，饿死了不知多少百姓，最后取得的战果并没有皇帝预料的大。云琅知道，匈奴对于大汉来说就是一柄插在后背上的利刃，让大汉流血不止，不论是刘彻还是百姓都无法忍受这样的痛苦，因此，这样的战事还会继续下去，只要刘彻不死，战争不止！与匈奴撕破脸皮的刘彻，已经用行动证明，他不可能向匈奴低头，更不可能停止对匈奴的战争。

张汤的护卫又来到了云家，没说话，只是递上了张汤家那个漂亮的食盒。云琅秉持君子之交淡如水的原则，一句话都没说，让丑庸跟小虫往食盒里装满了云家精心烹制的食物，那个护卫吃饱了饭后就提上食盒骑上马跑了。

晚春是一年中最好的季节，在春雨的滋润下，云琅甚至能听到植物生长的声音。家里水塘多，因此蚊蝇就多。青蛙、蛤蟆也接踵而来，这些恼人的家伙能大声地吟唱一整夜，惹得云琅经常彻夜难眠。半夜的时候他坐起身，瞅着大汉明亮的月亮，一发呆就是一夜。只有天亮之后云家庄子里浓厚的生活气息，才能让他摆脱时空错乱的感觉。

想想也没什么。一切都在向好的一面发展，太宰的视力似乎得到了改善，老虎现在也长得很胖了，丑庸越来越傻，梁翁越活越年轻，小虫也开始抽条了，一个黄毛丫头很快就要变成大姑娘了。

丑庸正在院子里教训老虎，要它不准再没事干就撕吃一只小鸡，然后把鸡毛吹得到处都是。

云家还是有背水的习惯，只不过换成了小虫跟红袖，她们只需要背云琅跟太宰喝茶用的水，因此并不算辛苦。红袖好像忘记了母亲的惨死，也好像忘记了家人被杀光的惨剧，如今穿着跟小虫一般无二的麻衣，背着背篓去泉水口子处背水，心情看起来似乎不错，但愿她能从噩梦中走出来。家里的仆妇们很自然地认为，云家能靠近家主的丫鬟只有丑庸、小虫跟红袖。云琅也喜欢给她们留下这个印象。

第九四章 胆小如鼠的云琅

云琅跟太宰一大早就去拜谒那些死去的护卫长辈的遗骸。一具具骷髅排成了军阵站在幽幽的灯火里，骷髅的黑眼眶里似乎也有火焰在跳动。山洞明明是封闭的，却不知道哪来那么些灰尘，弄得骨骼上全是这东西。好在云琅用马尾巴毛制作了几把大刷子，不过，即便有大刷子，两个人清理骷髅上的灰尘也用了一整天。来的次数多了，这里的骷髅对云琅来说再也没有恐怖阴森的感觉，他一边干活，一边听太宰讲述这些人的过往，甚至有些亲切感。

"这位就是陵卫中赫赫有名的大力士韩完，惯用的兵器是一根铁棍，是真正的百人敌猛士，如果身贯重甲，能只身破盾阵！"

云琅仰头瞅着这具高大的骷髅架子，探手摸摸粗壮的腿骨，叹息道："可惜这样的猛士了。"

太宰笑道："我小的时候经常挂在他的胳膊上荡秋千，他跟我关系非常亲厚。你以后给他们身上覆盖泥塑的时候，记着，他有一脸的大胡须，左手有六根手指！"

云琅笑道:"这是自然,不过,到时候你亲自监工就是了。现在庄子里的人还不能被信任,再过五年吧!"

"我死了以后你怎么给我覆盖泥塑?"

"把你塑成一个大胖子太宰,你的官帽会给你塑上去,手里还会有朝笏,还会给你穿衣服,脸上会贴金,放在最前面,你将是这些塑像中最出彩的一个。"

"哈哈哈,说得好啊!不过啊,你还是在我死后把骨骼上的血肉弄干净,休想偷懒将我的尸体原样塑进塑像里去,这样不牢靠,一旦血肉消融,我的塑像是最容易损坏的。"

"那就把你浇筑进金铁里面,这样几千年都不坏。"

"滚!"

太宰的心情很好。回到房间,见老虎依旧在酣睡,他叹口气道:"这家伙指望不上,原本准备死的时候带它一起走的,现在不成了,它还要陪你。"

云琅疲惫地靠在老虎肚皮上打了一个哈欠道:"我死它都不会死。我要死了,就让它回到山林里去,做一个真正的山林大王。"

跟太宰在一起,心情立刻就会变成灰色的。这跟太宰的经历有关,从他懂事的那一天起,死亡就像兀鹫一样总是围绕着他飞。越是担心死亡,死亡就离他越近,被云琅杀死的最后三个伙伴,将他心头最后一丝求活的欲望给熄灭了。他现在与其说是活着,不如说已经死了。

山洞的最后面摆着三具洁白的骨骼,他们是如此新鲜,以至于骨头还保持着一点弹性跟光泽。"他们三个你见过,记得按照他们的相貌来塑造。如果塑造得好看,他们就会原谅你。"太宰探手弹弹其中一具骨骼,声音发闷。

"不需要他们原谅。他们想要伤害你,我杀了他们就没有什么愧疚之心。更何况,我去后山,目的就是斩草除根!"

太宰并不生气,瞅着云琅笑道:"你是对的,在事不可为的时候断尾求生才是大道。若是我祖父，他老人家也一定会做出与你一样的选择，我耶耶总是说我生性犹豫难成大事，他们的眼光很准。你比我更合适当太宰，我不管了，这里的事情我都交代给你了，也就是你的事情。再过一个月，我带你拜见过陛下之后，守卫皇陵就会彻底变成你的使命，我就在庄子里教教孩子们读书，看看你的孩子什么时候诞生，等我这具身体彻底腐朽之后，我就去陪陛下了。"

云琅没好气地拉动铁环，巨大的铁链缓缓地下沉，铁链上的火焰逐渐被那些浓稠的油浸灭。云琅举着火把在前面开路，太宰走在中间，老虎跟在最后面，两人一兽沿着阶梯缓缓向上走。"其实啊，第三、六、九、十二、十五、十八、二十一直至八十一级台阶，都有一个小小的石柱，用锤子将凸出来的石柱砸进地面，这些台阶就会凸出去一大块，在空中形成另外一道阶梯。这道阶梯会送你去另外一道门，门上有一个缺口，你只要将太宰的印信放进那个缺口，用力地往里面推，那扇门就会打开……"

云琅不等太宰把后面的事情说完，就打断他的话："现在说太早了，还是你带我进去比较好，说实话，就算是你带我进去我也不放心。"

太宰怒道："难道我会害你？"

云琅也跟着怒道："我的性命是你救的，你拿走我没意见，我是不放心始皇帝陛下！"

"咦，始皇陵我进去过两次，没有问题啊。"

"天知道第三次进去是个什么样子，就始皇帝暴虐的性子，当年能把太宰老祖宗当鹿给射杀，那么再弄点陷阱在自己的陵寝里面，弄死另外一个太宰对他来说不算事。我就不信，以始皇帝多疑的性子，他会毫无保留地对历代太宰保持信任？尤其是在他死掉之后没有还手之力的情况下！"

太宰笑道："你比始皇帝还要多疑。"

云琅怒道："我就一条命，一旦弄错，就会死掉！不珍惜一点怎么成？始皇陵对我的诱惑还没有大到让我拿命去换的地步。"

"哈哈哈哈……"

太宰难听的笑声在山洞里发出巨大的轰响,甚至有一些尘土沙砾从头顶上簌簌地往下掉。云琅根本就信不过这个时代的工程,不由得加快了步伐。

"你跑那么快做什么?放心,山洞不会坍塌的!我现在才明白你为什么会拿出那么多的好东西给刘彻。"太宰匆匆地赶上云琅,嘴上却不停。

"为什么?"

"还能为什么?你怕死!从你去年清明在路上讨好官员开始,到你故意接近霍去病,到卓氏冶铁,再用曲辕犁、耧车、水车、水磨、马蹄铁讨好每一个人,你都是有计划地为保命做准备。以前我还以为你是为了皇陵,现在看来,你就是一个胆小鬼!天啊,我活了这么些年,怕死的人我见过很多,从未见过像你这般怕死的!小子,你记住,你越是怕死,死亡这种事就越会找到你头上。只有跟死亡对着干,才能长命百岁。"

云琅心志坚如铁石,如何会被太宰这几句话撼动心神?云琅举着短弩一爬出山洞,眼睛就滴溜溜地转动,发现没有人,这才让太宰跟老虎爬上来。老虎刚刚爬上来,就一头钻进了山林,找寻可能存在的外人。

太宰一屁股坐在云琅身边,取出水葫芦喝了一口水,笑道:"你怎么这么怕死啊?你说说你,智慧、应变、人情、世故,哪一样都是上上之选,偏偏就是胆小!说你胆小也不对,你一个人就敢杀掉猎夫,又敢一个人跟踪潜伏,杀掉三员大秦悍将。方式、法子且不论,就这份胆识,在陵卫中也能排进前三,你偏偏又给人胆小如鼠的感觉,真是怪异。"

云琅叹口气,往嘴里灌了一口水道:"我就是在按照你说的,跟老天争命!所以啊,不需要的冒险我一定要避免,不需要的争执我一定要退让。我来得不容易,怎能把宝贵的性命浪费在一些毫无意义的事情上?"

太宰瞅着云琅当初突然出现的半空,再看看坐在他身边的云琅,不由自主地点点头道:"你确实不容易,如果不是我恰好在,你就掉下山崖了。"

第九五章 悲惨的李敢

山阴处的野葱长得正好，云琅收割得不亦乐乎。太宰觉得自己被侮辱了。刚刚才说完进入皇陵的法子，这个人怎么没有半点心动的表现，居然能愉快地挖野葱？难道说伟大的始皇帝在他眼中还比不上一顿白水煮羊肉？老虎回来了，没有发现附近有人，这让云琅非常开心。他不相信有谁能在小小的山林里避开老虎的搜索。

"你真的不想进去看看？"太宰第一百零八次问道。

"皇陵的事情只适合在皇陵里面说，在外面就不要再提了。"

"哼，我要是不提，你打算一辈子都不提是不是？"太宰说完，就怒气冲冲地径自走了。

云琅跟老虎眼看着太宰头也不回地穿过灌木林走远了。云琅抓着老虎耳朵道："老家伙的身子骨好像还不错。"回头看一眼始皇陵，云琅就想把这事给忘掉。他打死都不信始皇帝会对太宰以及守卫们毫不保留地持信任态度，无论从皇帝的角度，还是从一个走一步看八步的英雄的角度看，这都是不可能的事情。每一次进皇陵，其实就跟把脑袋塞进老虎嘴里没有区别……

"宁教我负天下人，休教天下人负我。"曹操是枭雄中的枭雄，他把这句话说出来了。而始皇帝不说，只做！云琅当然很想去始皇陵看看，而且是非常地想。在后世他参观过兵马俑，即便都是些破破烂烂的泥人，也把云琅看得血脉偾张，恨不能化作泥人，跟那些远古的英雄站在一起，组成无敌的战阵。当然啦，那是在确定没有流沙掩埋，没有乱箭飞出，没有乱石砸下来，没有翻板，没有陷阱，没有僵尸，没有鬼魂，没有乱七八糟的吃人虫子的情况下，他才有的感觉。前面站着漂亮的导游，旁边站着性感的美女，后面站着一群虎视眈眈的保安，耳朵里听着雄浑的古乐，自然可以肆意地幻想，疯狂地迷醉。至于现在的始皇陵……云琅只要想想这些天那些羽林孤儿在他家打造的各种奇奇怪怪的兵刃，就不想进始皇陵，一点都不想进去。只有太宰这种把殉葬于始皇陵当成毕生追求的人才会不顾那里面暗藏的杀机，一次次把自己送进虎口。云琅把手探进老虎嘴，抚摸着老虎的两颗巨大的犬齿……只要老虎闭嘴，他的手就会从手腕处断掉——老虎的牙齿比铡刀都锋利！

下了山，就是一片一望无垠的麻地。一个忧郁的年轻人骑着马走在田间小路上，他的战马屁股后面还拖着一辆两轮的轻便小车，小车上装着一个巨大的包裹。老虎突然出现，战马被吓得好惨，扭身就要跑，却被马背上的年轻人生生地给控制住了，只能在原地打转。年轻人见老虎并未攻击他，而是横卧在小路上，就跳下马扬声喊道："云司马可在？"

云琅从路边的桑田里穿过来笑道："去修整兵刃？"

年轻人拱手道："羽林郎李敢见过司马！"

云琅笑道："算了吧，我现在都成羽林之耻了，就别来这一套。将军给你休沐时间了？"

李敢也是一个痛快的汉子，拱手道："七日！"

云琅撵走了老虎，让它自己回家，李敢的战马这才安静了下来。他羡慕地瞅着老虎道："如此灵兽，羡杀旁人。"

"你要是有空去捉未满月的老虎，亲自养上三五年，这样的灵兽你也会有。"

李敢闻言大喜："原来如此，我定要捉一只回来饲养，将来上了战阵也有一个好帮手！"

云琅摇头道："你想多了。在军营里养老虎，要是被将军发现你的老虎惊扰了马队，他砍死你的速度比匈奴人砍死你的速度快多了。"

李敢也是一个痛快人，闻言大笑道："平日里带着狩猎也不错，进了军中，可能真的会被将军砍死，那就太冤枉了。这几日就劳主人家照拂了。"

云琅瞅瞅那个巨大的包裹，见一张巨弓露在外面，就叹息一声道："四石弓？"

李敢也叹口气道："只能开三次！"

"为什么不用三石弓？"

"我耶耶用五石弓，我的两位兄长都用四石弓，我用三石弓很丢脸。"

"狗屁话啊！你耶耶一辈子的时间都用在弓箭上了，用不了五石弓才让人看不起。你的兄长已经长成，虽然力有不逮，可人家的身高摆在那里，身高力不亏。就你？现在一副豆芽模样，还是老老实实地用三石弓吧，免得伤了身体，追悔莫及。"

李敢怒道："我偏偏要用四石弓！"

云琅耸耸肩膀道："那就没法子了，羽林军中尽出棒槌，只要你愿意，随你。"

十四五岁的少年的世界是混沌的，最喜欢按照自己的意愿做事情，有时候明明知道是错的，也会继续坚持。多撞几回墙之后就好了，用不着别人去教导，有时教导对他们来说或许是一种羞辱。不过，这个阶段很短暂，撞墙撞明白的就会成为人中豪杰，撞墙撞傻了的，大概也就成傻子了。

李敢不明白进了云家为什么一定要在滚烫的温泉水里泡一个时辰，他拿来的干净衣衫也被两个仆妇拿走装在罐子里面煮。"我很干净！"李敢愤怒地大叫。不过，他很快就不喊了，因为一个十二岁的男孩子用一块麻布在他身上用力一搓，成卷的污垢就从他的肩头掉了下来。"该死的！我经常沐浴的啊——"搓澡其实是一种莫大的享受，虽然有些痛苦，却有一种莫名其妙的快感。洗干净了的李敢其实算是一个长相不错的男子，浓眉大眼遗传自他的父亲李广。

"飞将军"之名虽然赫赫，李广却是最让人惋惜的一位将军，"冯唐易老，李广难封"，让后世多少人为之扼腕。至于李敢，就更加可怜了，他是被霍去病给射死的……云琅蹲在二楼瞅着白净的李敢在一楼狼吞虎咽地吃饭，就觉得很有意思，怎么才能让这个家伙把饭一辈子吃下去呢？至少要吃到三十岁吧？

第九六章 继续在做工匠的道路上狂奔

张汤家的漂亮食盒每隔五天就会被人送来一次，云琅每次都让丑庸将食盒装满，让张汤的护卫提走……这是一个很明显的征兆，张汤没有忘记云琅，也就代表着廷尉衙门没有忘记云琅。廷尉府是大汉的眼睛，也是皇帝的爪牙，他们如同站在高处的兀鹫，冷冷地看着偌大的汉帝国。张汤不断地用自家的食盒警告云琅，万万不可行差踏错！获得别人的信任，是一个漫长的过程，想要融入一个族群，更需要耐心与毅力。

李敢抡着大锤，不断地敲击在暗红色的铁条上，每敲击一次，都会绽出大蓬的火花。他的力气真的很大。旁边的水桶里浸着十余支铁羽箭，每一支都散发着幽幽的寒光。这种羽箭足足有七八两重，是专门供五石弓使用的，只有强大的初速度才能给这样的一支箭附加恐怖的杀伤力。这是云琅建议由李敢来完成的。这样沉重的羽箭，李敢还用不了，他准备当作父亲的寿礼献给父亲。雁门关一战，李广也出动了，只可惜他什么都没有捞着。身为卫青的后卫，他走过的路是一条血路，清理被卫青取走头颅的匈奴人尸体，是他此次出征做的唯一与战争有关的事情。皇帝赏赐了卫青，李广什么都没有得到，他麾下的战士同样一无所获。李敢希望这一袋铁羽箭能够给父亲一点小小的安慰。

云琅很忙，他忙着誊抄《百工谱》。这是李广家的一部藏书，李敢这人不愿意欠别人的，所以特意跑回家一趟，背来了《百工谱》让云琅看。这个时代的书，只要是稍微珍贵一点的，都是孤本。云琅决定誊抄一部留在家里，等自己彻底安全了，安稳了，再试着把纸张做出来，把这些书全部刊印出来。孤本、善本，实在是太容易流失了。誊抄的过程本身就是一个学习的过程，一部书誊抄完毕之后，他对这本书的内容也就知道得差不多了。这是一本很好的书，上面记载了很多城池建造方面的工艺，其他的就是马车制造。不看不知道，看了之后云琅才发现，大汉人对于如何建造一座城池知之甚详。云楼、箭楼、垛口、藏兵洞、瓮城、内城、城郭，还有守城器具的安放、布置，守城人员的安排，突击兵力配置，如何预防敌人有秩序的进攻，上面都有详细的解说。至于马车制造，以这个时代的生产力水平来说，其工艺不亚于后世汽车制造工艺。大汉马车的种类复杂、名目繁多，如皇帝乘坐的玉辂，皇太子与诸侯王乘坐的王青盖车、金钲车，行猎用的猎车，丧葬用的辒辌车，载猛兽或犯人的槛车，等等。贵者乘车，贱者徒行，这是大汉人显示身份的一个分界岭，所以出门乘车与否彰显着人们的身份与地位。而乘哪种车，有多少骑吏和导从车，又表明了乘车者的官位大小。在大汉，不同等级的官吏都有相应的"座驾"。

这些车虽然名称各异，但外形基本相似，有差别的只是构件的质地、车饰的图案、车盖的大小和用料、马的数量等。另外，除大小贵族和官吏本人乘坐的主车外，对导从车和骑吏的数量也有规定。如三百石以上的官吏，前有三辆导车，后有两辆从车；三公以下至二千石的官吏，骑吏四人。像云琅这种一千石的官员，在勋贵面前，连乘坐牛车的资格都没有，只能骑马！

一部残缺的《百工谱》整整六十四斤重，上面的字太小，很多地方还残缺不全，云琅只能依靠自己的理解补上残缺的部分。看到马车，云琅就想了好久，他觉得等云家人口再多一些，开一个马车铺子还是不错的。以他对舒适的理解程度，估计会让云家的马车铺子在最短的时间里兴旺起来。透过纱窗，云琅见褚狼他们在院子里大呼小叫地游戏，丑庸站在边上不断地为褚狼叫好，且笑得非常专注。可能这就是爱情！

云琅摇头一笑，爱情这东西已经跟他没有什么关系了，以前就觉得跟后世的姑娘们有隔阂，现在，隔阂不但没有减少，反而又多了两千多年。等云琅誊抄好《百工谱》之后，三天已经过去了。李敢看了云琅誊抄的《百工谱》，立刻就把自家的那部拿去丢到铁匠炉子里，自己又按照云琅誊抄的《百工谱》重新誊抄了一遍，这家伙不眠不休地用了一天一夜。

云家的早餐是小馄饨，云琅吃了一碗，李敢已经吃了一盆，油煎的鸡蛋也吃了一摞子。吃完之后他才看着云琅的饭碗道："我刚才吃的也是这东西？"云琅叹口气点点头，让丑庸再给他装一盆。这一回李敢先是捞出一个馄饨仔细看了一遍，然后才慢慢地吃了下去。"你家的饭食确实好吃，霍去病没撒谎。"

"你跟霍去病是好友？"

"算不上，同袍而已。那家伙眼睛长在脑门上，一般不跟人交往，不过本事不错，行军布阵有模有样，比我们这些人懂得多一些。"

"下回休沐你们一起来，我准备烤一头小猪。"

"跟他？还是不要了，很无趣。"

"喝醉就有趣了。"

"好，我这就回家，让管家给你送两千石粮食过来，你修订的《百工谱》值这个价钱。"

云琅点点头道："你再问问同袍，谁家有这样的书，就给我送来，我可以不要钱帮他修整甲胄跟武器！"

李敢点点头，吃完了馄饨，就将竹简绑在自己的战马拖拽的小车里。他踩着左面的马镫上了战马,然后将两腿垂下来,稳定了身体之后看着云琅道:"你这人不错!"

云琅笑道:"每一个跟我接触过的人都这么说。你如果来得勤一些,会发现我这人比你想的还要好。"

李敢哈哈一笑,活动一下酸涩的脖子,俯下身小声对云琅道:"能不进军营就别进军营,你这样的人不该待在军营里。"

云琅咧嘴笑道:"霍去病也这么说。"

李敢拍拍云琅的肩膀笑道:"下回来给你带葡萄酿,当然,前提是不会被我耶耶打死。"说完就骑着战马出了云家的大门,独自一人向荒原走去。按照他的速度,他不可能在天黑之前回到阳陵邑,估计要在荒原上独自过一夜,他却没有云琅那种对于安全的担心,走得优哉游哉的。这是一个无畏的人。

无畏是一种很好的品质。但是具有这种品质的人一般会低估困难,会认为,只要自己再努力一些,再加一把劲,就能摧毁困难于无形。他们是军阵上最好的敢死队,也是开拓世界最好的冲锋者,披荆斩棘、绝尘越壑更是不二人选。然而,一旦开始冲锋的时候,他们往往就会忘记他们的后背,很多这样的猛士伤口一般不在前胸,而在后背。

云琅用力地摇摇头,他发现自己现在很容易陷进一种悲伤的情绪里,尤其是看到历史上的人物活生生地出现在他面前的时候,就觉得自己的立场在发生变化。"我不是上帝!"云琅轻轻地咕哝一声,就转身回到了房间,拍了拍堆积在桌案上的《百工谱》,对躺在桌案旁边的老虎道:"我们还是继续在做工匠的道路上狂奔吧!"老虎抬起头嗷呜了一声,算是同意了云琅的说法。

第九七章 阿娇的怒火

云琅是一个孩童。对于大汉来说，他仅仅是一个不到两岁的孩童，在探索世界的过程中需要小心翼翼。孩童用他们清澈的眼睛看世界的时候，或许是新奇的，或许是恐惧的，也或许是没有意识的。云琅是一个非常有经验的孩童，这有助于他迅速地融入这个世界。大汉的天空清澈无比，白云纤尘不染，同时也表明，这里并非云琅熟悉的工业化世界。

太宰依旧在生云琅的气——他已经把自己最珍贵的东西给了云琅，云琅的反应却不是他想象中的惊喜跟狂欢，这让他的自尊心受到了很大的打击。即便云琅很有孝心地陪他一起吃饭，也得不到一点好脸色。"多吃点豆腐啊，你本身钙质流失严重，不多补钙的话，骨头会酥掉的。"

"我喜欢吃肉！"太宰夹起一块肥猪肉，一下子就填嘴里了。

"牙都没几颗了，就不要吃肉了，多喝汤！"云琅给太宰盛了一碗大骨头汤推过去。这些天啊，云琅一直在回忆自己曾经读过的关于盗墓贼和考古发掘的小说跟记录，就是为了能陪着太宰去一趟始皇陵。

始皇帝这家伙实在是不足以信任，总要准备好了，进去的时候才会放心。面对始皇帝，云琅觉得不论多么小心都不为过。为看一次始皇陵，就把小命丢掉，简直无法跟自己交代。如果可能，云琅很想弄几万人把陵墓掀开，等自己看完，做完记录之后，再把陵墓给填上。这样做，至少安全。

"今天刘婆她们要开始缫丝了，你不打算去看看？听说妇人们煮茧缫丝的时候基本上是不穿衣服的。"

"滚！"

"行，行。不愿意看妇人，不如陪我一起去烧石灰。你不想看看我是怎么把鹅卵石变成白色粉末的吗？"

"滚！"

"好，好。我听野人说，他们居住的地方有两个做泥人的老汉，我准备把他们弄回来，专门给陵卫们塑像，你也不去看看？"

太宰手里的筷子停顿了一下，但他还是慢慢摇摇头道："你打算等两个工匠做完泥塑之后就杀掉他们？"

云琅愣住了，过了好一阵子才道："下不了手啊！"

"你杀卫仲他们的时候可是一副铁石心肠啊！"

"不一样，卫仲他们是知情人，他们死了，我们就安全了。那两个做泥塑的匠人不一样，他们不知道始皇陵的事情，如果我请他们来干活，干完活再杀了，这事我实在是干不出来。"

"那就学手艺！"

"谁学？我整天忙得要死，让别人学跟让匠人塑像有什么区别？最后还不是要杀掉？"

"我学……"

从太宰那里出来之后，云琅的心情很好。一个人总想着去死，大都是因为无聊。如果他忙碌得如同一条狗一般，他哪里还有时间去想一些乱七八糟的事

044

情？其实啊，给陵卫塑像这事，云琅早就有别的好办法，那就是雕刻十几个模子，然后把骸骨放进模子里面，倒进泥浆，等泥浆干透了，打开模子，一个塑像就造好了……现在，他更愿意让太宰一个个地捏制，将近两千具骸骨，够太宰弄十几年的。

　　刘婆弄出来的场面很大。煮茧的地方就在温泉口子边上，温泉水是不能用来煮茧的，于是她想了一个好法子：先将定制的大木桶沉浸在滚烫的温泉里，然后把泉水倒进去，只要一夜，七八个巨大的木桶里的泉水就变成滚烫的了。把这些热水取出来倒进煮茧的大锅里面，将蚕茧浸泡在满是皂角的热水里，浸泡一段时间之后，再放进另外一口水温更高的锅里面煮，然后捞出来放进水温低的锅里面……很辛苦。最后开始缫丝，一排排的木头架子，上面有一个个飞轮，妇人们找到茧头之后就会抽丝，只要轻轻转动飞轮，蚕茧就欢快地在水里翻滚，一根根几不可见的丝线就会缠绕在飞轮上……非常神奇。最神奇的事情就是，云琅坐在家里，眼看着妇人们抬着一筐筐蚕茧出去，拿回来的却是一盘盘乳白色的丝线……

　　在骊山脚下盖房子确实很好，只可惜这里地下水很丰富，地上潮湿得厉害，还没有进入夏天，砖墙上就起了一层水渍……

　　云琅决定用白色的石灰把墙壁刷一下，这东西不错，不但防潮，还能起到杀虫子的作用。将石灰跟沙土、黏土混合做成三合土，把地面铺一下，应该能起到非常好的防潮作用。鹅卵石在渭河边上、山溪里面多的是，挑选拳头大小的，一股脑地倒进挖好的柴窑里面，然后点火猛烧，等石头全都烧透了，取出来的就是石灰。用的时候只要泡进水里，石灰跟水反应之后就成了石膏泥，拿来刷墙再好不过了。云琅很怀念徽派建筑中的青砖白墙，准备把云家庄子也弄成那种模样，虽然建筑充满了大汉风格，但只要有了青砖白墙，云琅说这就是一种新的建筑艺术，有谁敢反对？

　　云家的半大小子就是家里的顶梁柱，一个个都是男子汉，干起活来很麻利，即便是烧石灰这种重体力活,他们也干得有声有色。在云家,一个孩子一旦开始不管猪、牛、羊、鸡、鹅,就说明他已经长大了。石灰是要烧一天一夜的,好在云家根本就不缺少木柴——开辟这片庄子的时候砍下来的杂木桠子堆了足足一亩地,十年都烧不完,虽然云家一直在烧木炭,却也没有消耗多少。

云家庄子冒起来的股股浓烟,五里地之外都能看见,充分说明这里的人气很旺,是好事!一个宫装女子站在阁楼上,正在遥望云家庄子里冒出来的股股浓烟,青天白日下,烟柱冲天而起,蔚为壮观。女子的面容精致,妆容一丝不苟,葱白一般的手指纤长,指甲上的蔻丹嫣红得刺眼。看了一阵浓烟,她轻启朱唇道:"长秋,冒烟的地方是着山火了吗?"

一个戴着乌纱冠的宦官躬身道:"启禀皇后,冒烟所在乃是云氏庄园,估计是在烧炭吧。"

"咦?什么时候外姓也可以入住上林苑了?"

"启禀皇后,云家的主人有大功于我大汉,因此蒙陛下赏赐,才得以进入上林苑。"

"什么大功?说说。"

"也没什么,就是制作了一种新的耕犁,陛下命名为'元朔犁'。"

美人笑道:"总算不是一个幸进的小人。"

大长秋小心地看了一眼美人的脸色,低声道:"皇后,这些话不可再说。"

美人闻听此言,勃然大怒道:"怎么就说不得?他刘彻拥千百美人夜夜笙歌,身边尽是一些奸佞之徒,就连卫子夫这个贱婢也被抬举成了皇后。我陈阿娇出身名门,当年一句'金屋藏娇'就让我母亲为他刘彻登基操碎了心。成亲的时候你侬我侬,就因为一些奸佞之徒的逸言,他狠心地剥夺了我所有的荣光!刘彻,你好狠的心啊!"

大长秋对陈阿娇间歇性的发疯似乎并不吃惊,他把身体稍微侧一侧,果然,一个朱漆托盘被摔在了地上,然后是发簪与袍服……

第九八章 骗鹿

自从云家的大池塘里多了三十几只鹅，池塘里的鱼就多了起来。鹅吃水草，鹅排到池塘里的粪便好像又能养鱼……这很有意思。

这个池塘里的鱼，云琅是不吃的，丑庸她们倒是很喜欢，自从云家有了新的做鱼方法，她们就变着法地捞鱼吃。红烧，红烧，还是红烧……云琅不想家里除了红烧鱼之外，再有别的吃鱼方式。吃过鹅粪便的鱼他不想吃，想吃野生鱼就要去云家庄子左边，那里是长门宫的范围，云琅不敢进去。刘彻放逐老婆的地方，野男人进去了，下场很可怕——不是陈阿娇的下场可怕，是野男人的下场很可怕。

云琅试着在渭水里钓鱼，枯坐了一整天，也没有什么收获，其间还有几个闲得没事干的野人跑来告诉他，在渭水里捞鱼要用渔网。

满骊山的野人现在都在做同一件事，就是往云家背煤石——云家对这东西的需求几乎没有止境——现在已经基本上形成了一条产业链。煤矿在十里之外，可惜道路不通，没法子用大车去拉，全靠野人一背篓一背篓地背过来。被煤石弄得浑身黑乎乎的野人，现在看起来更像是野人了。

"滚开！每回都骗我的油饼吃！"云琅对煤矿工人没有歧视，相反，他更觉得亲近。靠自己双手吃饭的人，在云琅眼中差别不大。

"小郎君，北边的园子里有一群美人，你就不想去看看？"煤矿工人瞅着云琅篮子里的油饼流口水，依旧不断地给他提供关于美人的消息。

"别想了，我不去，你们也不准踏进那地方，谁进去谁死，知道不？"

"董大就去过，还跟一位小娘……嘿嘿嘿……"

"他还活着？"

"活着啊，还捞了一支银挠头，现在天天去。"

云琅取出一个油饼丢给煤矿工人道："帮我一个忙，揍这家伙一顿，打到他不敢去北边为止，要不然，他会害死你们所有人的。"

"那就再来一个油饼！"煤矿工人非常豪爽。结果，云琅半篮子油饼都没了。

回到家里，云琅郑重地告诫家里所有人，不准去北边，至少不准踏出云家庄子地界一步。他甚至给家里人下令，没事干就在庄子北边种树，种那种长得快而且高大的树，树底下栽满荆棘，荆棘里面种满花椒树，总之，云家的一条狗都不许去那边。老虎更是被云琅带着去了北边，被揪着耳朵告诫了一万遍，不准去那边。北边山清水秀的，基本上没有高大的乔木，更不要说灌木了，不到一尺高的草丛对老虎没有什么吸引力，因此，不用云琅说，老虎也不愿意去那边。

长门宫很大，陈阿娇的活动范围只能是长门宫附近方圆两里地。云琅看见了骑着游春马在草地上瞎逛的彩衣宫女，长相看得不是很清楚，云琅也觉得没必要看清楚。云家多了两个会捏泥人的老汉，捏出来的泥人惟妙惟肖，须眉可辨，就是不点眼珠子。其中一个老汉说了，没有点眼珠子的泥人是泥人，点了眼珠子的泥人就变成了生灵。这让云琅很怀疑这两个家伙是女娲转世，因为把泥巴变成人是女娲娘娘的独门本事。

两个洗干净的老汉穿上新麻衣，竟然有了那么一点仙风道骨的意思，整天坐在门廊下，笑呵呵地看着云家的仆役们忙忙碌碌。刘婆她们忙碌了半个月，才把家里的蚕茧统统弄成蚕丝，不要说云琅，就是在云家混饭吃的霍去病跟李敢两人，也有叹为观止的感觉。

"七千四百四十七束丝！"刘婆的两只手已经被热水泡得没了肉色，她依旧骄傲地对云琅道，"泉水边上的作坊要盖顶棚，要起房子，眼看着秋蚕又要煮茧缫丝了，等不起！"刘婆的话说得理直气壮，听起来很无理，可是，即便是霍去病、李敢这两个家伙，也不觉得刘婆这么对主人说话有什么不妥。看来，大汉国还是很尊敬有本事的人的。云琅自然同意了刘婆的建议，让她自己去组织家里人盖房子，自己人弄不好的，高价请外面的木匠就是了。

"养了一季桑蚕，你就把去年的投入全部赚回来了。"霍去病比较中意云家的锅盔，抱着一个大饼掰着吃。

"他去年都投入了些什么？"李敢好奇地问。

霍去病放下锅盔，拍拍手上的渣子，笑道："这些人的口粮跟衣衫。"

"这么好赚？"李敢有些吃惊。

云琅摇着鹅毛扇笑道："作坊化劳作就是这个样子，如果家里的妇人们会纺线，会织绸布，会染色，养桑蚕这活就跟铸钱没区别，而且比铸钱来得轻松。"

李敢笑道："绸布可以当银钱使唤，可能比银钱还好出手一些，是一门好营生。我家里也有不少桑田，回去告诉我母亲，看看能不能也把家里的仆妇聚拢起来养蚕。"

霍去病哧的一声笑道："你得先有一个这么能干的管事！大家族里的仆妇有几个是能干事的？莫说仆妇，就是男仆，也一个个唯唯诺诺的，在主人面前大气都不敢出。稍微有点地位的仆役，一旦被提拔，干的第一件事就是欺辱比他还要弱小的仆人。要他们干事情，难了！对了，云琅，你是怎么弄的？"

云琅摇着鹅毛扇如同诸葛亮，微笑道："无他，唯行黄老之术尔！"

"黄老之术？已经过时了，现在陛下正在推行儒术！"

"儒术？李敢，你来告诉我，何为儒术？"

李敢瞅着天空，好半天才转过头对霍去病道："老霍，你知道不？"

霍去病摇着脑袋道："去年董仲舒进宫给陛下讲解儒术的时候我跑去听了，听了一会觉得没意思就出来了。"

云琅见霍去病跟李敢齐齐地看着自己，就笑道："仁、义、礼、智、信是儒家希望人能够具备的五种美德，身怀这五种美德而不显露的人被他们称为君子。儒家的终极目标是将天下的每一个汉人都改造成君子，一旦成功，天下就会出现'道不过三代，法不二后王'这样有秩序的场面。"

看看两人吃东西的样子，云琅知道自己的话白说了。说句老实话，刚才说的那些东西，他自己都是一知半解的。在大汉，没有两把刷子真的是没办法混的，有学问的人一见面就会张嘴问你："何为道？"你要是说不出个一二三来，就会被人耻笑的。尤其是在大家伙玩曲水流觞的时候，酒壶上说不定就搁着一支竹简，上面写着这个问题，要是回答不上来，连酒都没的喝。因此，云琅请太宰帮他恶补了很多这方面的知识，只是太宰在很多问题上也说不清楚，云琅只好自己补。

云家的鹿群在草地上狂奔，云琅、霍去病、李敢三人骑着马在后面紧紧追赶，不时地弯弓搭箭，一支支圆头羽箭将野鹿冲击得东倒西歪。母鹿自然是不会参与这种粗暴活动的，它跟老虎依偎在一起，享受老虎粗暴的抚摸。母鹿又怀孕了，这家伙自从没有了食物危机之后，就怀孕怀得很频繁。老虎似乎也知道这家伙怀孕了，粗大的爪子从来不碰母鹿的肚皮，而是扣在母鹿的脖子上，指甲都露出来了，只要一用力，母鹿的脖子就会被撕开。但它们在一起的时候总是显得非常和谐。

"你家的鹿不好捉。"李敢从战马上跳下来，擦拭一把汗水，对云琅道。

"我只要想吃鹿肉了，就会派老虎去捉，时间久了，这些鹿就练出了一些奔跑逃脱的技巧。"

"我们今晚就吃鹿肉吧？"

"不成，只要鹿群逃脱了追杀，回到了鹿圈，人家就有活下去的资本，我们要讲道理！"

"你跟一头鹿讲道理？"

"为什么不呢？你以为我家的鹿都是从哪来的？都是自己跑来的，鹿圈是我划定的一个绝对安全区。只要在这个区域里面，所有的鹿都是绝对安全的，而且还有人定期投喂食物，它们在这里交配、生育，不会有天敌来伤害它们。久而久之，骊山的鹿群都会知晓这里是一个安全的地方，都会来这里生育后代。"

"然后你再从中偷取人家的幼鹿，自己饲养，是不是？"

"对啊，是这个道理。人之所以是人，就因为我们比较聪明，鹿群就没有阴谋这个概念，所以我们就能动手脚。"

第九九章 玩物

"呀,这就是兵法啊!"李敢赞叹道。

"这是当然!"云琅不由自主地拿出鹅毛扇再挥动两下。

"狗屁兵法!"

"狗屁兵法也是兵法。你不要管我的兵法狗屁不狗屁,只要管用,就算是奇臭难闻,你也只能忍着!"

霍去病大怒道:"将之道在智、信、仁、勇、严,哪里有你这般卑劣……"他说完了一大通废话,却发现云琅跟李敢已经窃窃私语着走远了,只有老虎总想扒着他的战马的屁股到马背上来。霍去病的战马早就熟悉了老虎,因此并不是非常畏惧,只是不敢动弹。

霍去病按着老虎的脑袋把它推开,战马这才如蒙大赦一般地向云琅跟李敢追去了。掉在地上的老虎非常恼怒,一巴掌拍翻了谄媚的母鹿,大叫一声就追开了。

"呀,三位小将军在官道上纵马狂奔,真是吓死奴家啦!"三人的马匹超越了一溜马车，一个美人将头探出车窗，笑吟吟地瞅着英武的三人。云琅定睛一看，美人是美人，只是分不清楚是男是女。

霍去病的眉头皱了起来，李敢却拱手道："原来是董君当面，我等孟浪了。"

美人掩着嘴笑道："荒野古道无聊，没想到遇见了三位小将军，不如来到车上，我们把臂同游，岂不是一桩快事？"

霍去病的眉头拧成了疙瘩，张嘴就道："我们兄弟三人个个勇猛，董君能承受得起？"

美人没好气地啐了霍去病一口，娇笑道："好好的古道路遇被你说成什么了？快上来，我这里可有你们平日里见不到的糕点哟！"听他这么说，云琅、李敢齐齐地打了一个冷战，这个王八蛋真的敢青天白日地邀请别人跟他一起荒淫。

霍去病狞笑道："看来我们三兄弟还没被董君看在眼里，再加一个兄弟如何？"说着就张嘴长啸一声。顿时，老虎大王从旁边的草丛里跳了出来，趴在董君的车窗上大吼一声："嗷呜——"

老虎出来的那一刻，董君驾车的马就开始狂奔，紧接着他的车队也跑了。李敢挥挥袖子扇了扇眼前的灰尘，回头看着云琅道："那家伙屎被吓出来啦，臭死了！"

云琅坏笑道："老霍刚才还准备打人家的主意呢。"

霍去病恨恨地吐了一口唾沫道："怎么会有这么恶心的人？"

李敢笑道："小心人家去找窦太主哭诉！"

霍去病瞅着董君远去的马车道："太无法无天了，馆陶竟然敢派一个玩物去长门宫！"霍去病的话刚说完，云琅就摇着鹅毛扇瞅着天空，天上的云彩真是好看，一朵朵，一片片，白得令人心醉。李敢则抚摸着老虎的脑袋，专心致志地往老虎嘴里塞肉干，似乎谁都没有听到霍去病到底说了些什么。霍去病不屑地对两人道："我才不会用这种手段去打击别人呢，免得脏了嘴巴，你们两个也不用装傻了。"两人顿时做如梦初醒状。

云琅朝李敢拱拱手道："我昨日在前面的河湾处下了笼子，也不知道今天有没有收获。"

李敢笑道："看过就知。"

霍去病觉得胯下的战马在战栗，回头就看见老虎正趴在马屁股上，舔着舌头等着他驱马前进呢。他恼怒地将老虎推下马，他觉得再来几次，他的战马可能就废了。

渭水只有在冬日的时候才会变得清澈，现在简直就是一河的黄汤。三人还没到地方，两个野人就从河湾里钻了出来，远远地朝云琅呼喊："小郎君，小郎君，你下的笼子里有鱼！"

云琅跳下马，把缰绳丢给野人道："找个干净的地方，把马洗刷干净。"野人慌不迭地接过缰绳，心惊胆战地瞅着霍去病跟李敢两个身着羽林军军服的家伙。以前羽林军看到他们一般动手就杀，没什么好说的。

霍去病很自然地将战马缰绳丢给野人道："伺候好了。"

李敢刀子都快要抽出来了，见云琅跟霍去病如此，也就罢了杀人的心思，跳下马把缰绳丢给野人道："有丝毫损伤，耶耶活剥你。"

野人如蒙大赦，高兴地牵着三匹马去了树荫下的溪流，那里的水干净。

"喂喂，见到野人你们两个怎么不杀？"

李敢匆匆地下了河滩，问云琅跟霍去病。

霍去病摇摇头道："杀他们很有意思吗？"

李敢摇头道："很没意思！"

"没意思你弄死他们干什么？让他们活着还能帮我们喂马。以后少干这种没意思的事情。"

云琅正吃力地往上提自己昨日下的笼子，见这两个浑蛋袖手旁观，就怒道:"没看见上官在干活?你们两个就不能有点眼色?"两人一起冲着云琅龇龇牙齿,就上前帮着拉笼子。笼子足足有四米长,里面大外面小,鱼只要贪吃鱼饵钻进了笼子,就别想再出来了。

渭水里的鲤鱼土腥气太重,云琅不喜欢,所以给笼子里下的是荤饵,只有喜欢吃肉的鲇胡子鱼跟黑鱼才会进去。笼子很重,三人费尽力气才把它拖拽上来。云琅瞅着笼子里胡乱跳弹的鱼,满意道:"还不错,有收获!"他揪着笼子底往外一抖,哗啦啦掉出来一堆鱼。跟云琅预料的差不多,除了鲇胡子鱼基本就是黑鱼,竟然还有几条一拃长的泥鳅!其中有一条最生猛的黑鱼,在笼子里还把两条鲇胡子鱼咬成了两截!

"晚上就吃这条吧,看着生猛!"霍去病就这德行,宠物嘛喜欢云琅的老虎,战马嘛喜欢最烈的战马,吃东西也喜欢最生猛的,估计将来娶老婆也会娶一个最彪悍的。

"那你就要看住了,这家伙在陆地上也能跑,别让它溜回水里。"云琅见黑鱼在地上不断地跳弹,就出声提醒霍去病。

霍去病饶有兴趣地瞅着在沙滩上蠕动滑行的黑鱼,赞叹道:"长见识了,这家伙堪称悍卒,身陷死地犹自奋力求生,不如我们成全它算了。"

李敢抽出一支圆头箭,重重地敲在黑鱼的脑袋上,见这家伙抽搐着不乱跳了,才出声道:"它跑了,咱们今晚还怎么吃糖醋鱼?再说了,两军对阵,妇人之仁最要不得。"

霍去病笑道:"这世上猛士太少,总要优待一些才好。"

云琅才不管两个神经病在说些什么,一拃长的肥泥鳅多少年没见过了?这东西不论是拿来炖豆腐还是红烧,都是极品美味,一般有好泥鳅吃的时候,他就看不上黑鱼这种东西了。他喊来正在给老虎洗屁股的野人,让他们把河滩上的鱼以及笼子一起背回云家,被黑鱼咬成两截的鲇胡子鱼就赏赐给他们了。

回到了庄子上,李敢见梁翁给两个野人一人盛了一碗糜子面,摇摇头道:

"还挺好使唤的。"

霍去病拍拍李敢的肩膀道："反正我是准备好了，一旦立下军功，就跟陛下要上林苑的园子，就在云家庄子南边，你如果冬天来云家庄子，啧啧，那时候，这里就是神仙地！"

李敢瞅瞅四周的旷野，撇撇嘴道："继续吹！"

霍去病笑道："不说别的，光是冬天有青菜吃、晚上睡觉屋子里不用放火盆依旧温暖这两条，我说是神仙地就不为过吧？"

李敢幻想了一下那个场景，咂巴一下嘴巴道："今年冬日来试一下，如果是真的，我也干。"

云琅吩咐完厨房之后，正好听到李敢的话，就拍拍他的肩膀道："你会赖在我家不走的。"

第一○○章 贼喊捉贼

云琅很有耐心，直到三人吃了一顿美味的晚饭之后，他才煮上一壶茶，准备跟霍去病、李敢打听一下大汉国贵族的风俗。毕竟，那个叫作董君的家伙给他的震撼实在是太大了，大马路上就明目张胆地邀请三个少年与他同车，云琅觉得一般人干不出这事。

"他怎么会是一般人？人家可聪明了。咱们三个中间人家其实只看上了老霍，准确地说人家想勾引的是老霍，一旦成功，一来可以向馆陶献媚，二来可以让皇后的脸上无光。"云琅仅仅开了一个头，李敢就兴致勃勃地接上了，"他母亲是阳陵邑卖珠子的，有一天馆陶看中了他家的珠子，让他母亲拿珠子进府，他母亲就带着他去了。然后，哈哈哈……他就伺候了馆陶五年，两人以母子相称，至于怎么个称法，你明白不？"云琅摇摇头表示不知。李敢往云琅身边凑凑，一脸淫猥之色："你知道不？馆陶啊……董君啊……现在明白了吧？"

云琅连连点头，又小声问道："就没人管管？"

李敢拍一下大腿道："以前有窦太后在，没人敢管，现在管了就会让人想到废后，这是陛下的心病，也就没人管了。"

两人说得热烈，霍去病看不惯他们的模样，就找了一卷竹简，靠在窗户边上看，只是鄙夷的眼神不时地飘过来。丑庸给褚狼擦汗的场景吸引了霍去病的注意力，他干脆放下竹简，隔着纱窗看丑庸跟褚狼。他看到丑庸踮着脚尖亲吻了一下褚狼的面颊，微微一笑，重新拿起竹简继续看。喜欢待在云家的原因就在这，这里的人，每一个都是活生生的人，而不是唯唯诺诺的奴仆。丑庸长得不好看，还胖，然而她是一个聪明人。卓姬当初说她傻，其实是没有看到她的另一面。这是一个极有决断的女子，且有自知之明，她知道云琅对她是什么态度，所以她就不指望在云琅这里获得更多，而是挑选了云家最有前途的仆役，也算是明智之举。

彻底满足了八卦欲望的云琅、李敢二人，举着茶杯碰了一下之后，就哈哈一笑，所有的心思都在不言中。

李敢对云家的桑蚕产业非常感兴趣，这两天没事就按照刘婆说的换了衣衫去蚕房。霍去病对这些事情毫无兴致，提着梁翁特意给他打制的一袋子轻量版铁羽箭，去没人的地方练箭。云家最清静的地方是哪里？就是北边，与长门宫毗邻的地方。这地方的地面上长着矮矮的青草，只有十来个五六岁的男女孩子吆着一群鸡跟鹅在草地上找吃的。霍去病安置好了箭垛，特意选了一棵大树当自己的遮阴之所。他站在大树下闭上眼睛静静地感受风，在风稍歇的那一刻，拉弓射箭如同呼吸一般容易。黑色的铁箭飞过长长的距离，最后扎在箭垛上……霍去病遗憾地摇摇头，铁羽箭很沉，自己的弓力不足，射出去的铁羽箭飞行速度慢，杀伤力很有限，最重要的是，铁羽箭对弓弦的伤害太大。

云琅也到了这边，瞅着满草地的公鸡有些伤感，买小鸡的妇人被那些无良的商人给骗了。不仅如此，大白鹅还野性难驯，谁家养的鹅能扑扇着翅膀飞起来？最远都能飞两三百米……相比鹅，云琅更想要鸭子，只可惜在大汉，这东西居然只有吴越两地有，适合关中养的鸭子还没有被驯化！几百只公鸡追着三四十只母鸡踩蛋的场面惨不忍睹，云琅决定再弄一些母鸡回来，至于这些已经养了大半年的公鸡，吃掉，或者做成风干鸡，都是很好的选择。

霍去病提着箭囊来到云琅身边道："铁羽箭太重了。"

云琅皱眉道："木杆羽箭你用得好好的，为什么一定要选用铁杆羽箭？自己给自己找这个麻烦做什么？"

"我想要一种可以射得远，而且杀伤力大的东西。"

"既然是这样，你就应该在弓上想办法，在羽箭上想办法不是南辕北辙吗？"

"大黄弓就这样了，弓力太大我拉不开，即便能拉开，也没有持续作战的能力，没什么用处。"

云琅笑道："其实啊，以你的力气，拉开五石弓没有什么难度，只是要在弓上面做些手脚。"

霍去病笑道："光拉开有什么用？我需要的是杀伤力，真正的五石弓的杀伤力。"

云琅取过霍去病手里的弓，轻轻地弹了一下道："想要在弓上取巧，首先就要明白什么是弓。这东西说白了是一个蓄力的机关，把我们拉弓的力气蓄积起来，然后在需要的时候突然爆发出去。既然弄明白了什么是弓，接下来让弓蓄积的力量比我们动用的力气多就成了。"

霍去病皱眉道："有办法？"

"怎么就没办法了？这种省力的法子在我们的日常生活中很常见，比如绞盘，比如辘轳，比如家里的水车、水磨，把那些装置缩小一点用在弓上就成了。"霍去病伸长了脖子瞅瞅云家正在缓缓转动的高大水车，没好气地从云琅手里抢过弓，继续去自己想办法。云琅见这家伙想得可怜，就道："实在不行就用空心的铁羽箭，这样可以减轻羽箭的重量，还可以随时调整重量，直到你满意为止。"

霍去病转过头冲着云琅笑道："这个法子不错。"

云琅正准备进一步嘲笑霍去病不选择真正的解决问题的办法，却一定要选择只能治标的法子，就听得麻地那边传来一声凄厉的惨叫声。两人对视一眼，让孩子们叼着鸡去别的地方，自己则钻进了麻地，拨开麻叶向长门宫方向看过去。只见一个野人正在亡命地向云家庄子这边狂奔，他的身后是十余骑武士，手里挥舞着各种武器兴奋地嗷嗷叫。董君也骑在其中一匹战马上，手里携着一柄长弓，正在瞄准那个野人射击。董君手里的弓是软弓，这样的弓箭只适合猎杀兔子，但是董君的箭法准得惊人。弓弦响过，那个野人的背上又多了一支羽箭，于是他跑得更加迅捷。

"你家的仆人？"霍去病举着弓问云琅。

云琅仔细辨认之后摇头道："不是。此人自寻死路，怪不得别人。"

"你认识？"

"见过，给我家背过一阵子煤石，不知道怎么的与隔壁的宫女有染了。我让人劝过了，看样子他没听啊。"

霍去病瞅着那个野人的大腿中了一箭之后，就摇头道："他完蛋了。"

两人眼看着那个叫董大的野人被武士们用绳子套住脖子拖拽去了一个大树桩子，对视一眼，准备离开，忽听对面有人道："两位郎君今日不会再用老虎来吓唬人家了吧？"

云琅站起身朝那人拱拱手道："方才听见有人惨叫，还以为有歹人潜入，没想到是董君在处置下人，多有得罪，这就告退。"

董君听着云琅说话，却把目光盯在霍去病身上，娇笑道："难道说这个仆役不是你云家的人？"霍去病冷冷地看了董君一眼，并不作声。

云琅笑道："云家的成年男子只有一个老仆，剩下的都是在去年冬日收拢的妇孺。既然此人犯了宫禁，董君处置就是，万莫牵连我云氏。"

董君笑吟吟道："如果我一定要说此人是你云氏庄园的仆役呢？"

云琅笑道："廷尉府的中大夫张汤对云家有多少人手知道得清清楚楚，董君还是莫打我家的主意了。我听说中大夫最喜虐杀你这样的俊俏公子，也不知道是不是真的。"

董君有些犹豫不定，见霍去病、云琅已经走了，就怒气冲冲地对武士们道："折断他的手脚，用木槌砸烂他的心……"说完也打马远去。

第一〇一章 寂寞是一种大毛病

长门宫是一个很奇怪的地方。这座宫殿原本属于馆陶公主，十四年前馆陶把这座宫殿送给了皇帝，现在，皇帝用她送的这座宫殿来安置她失宠的女儿。这世上的事情很多时候都带着一股子可笑的宿命的味道。

云琅有的时候其实很同情这个时代荒淫的勋贵们，除了喝酒看歌舞，还有两性的欢愉之外，并没有太多的娱乐方式。而代表高尚情操的文学欣赏、音乐欣赏面对的人群又过于小众，不足以娱乐大众。云琅知道，精神生活匮乏导致的结果就是肉欲的横生，这是一个此消彼长的过程。一旦娱乐活动集中在一两个方面，这种娱乐活动就会畸形地发达。阳陵邑中最漂亮的、最豪华的所在，一定是青楼，最喧嚣、最混乱的场合，一定是赌场。茫茫夜色中，只有这两类地方依旧灯火辉煌，其他的地方早就漆黑一片了。至于打麻将就轻松愉快了。云琅、霍去病、李敢加上一个最近沉迷于此道的太宰，三更天了，四个人的精神依旧健旺。

"五饼！"

"碰!"

"什么人啊,这牌也能打出来?"李敢恨恨地丢出一张六饼,他的夹张没了。

"和了!"太宰面无表情地推倒牌……

李敢瞅瞅云琅面前好大一堆铜钱,商量道:"先借我一点!"

云琅摇头道:"牌桌上借钱不吉利,你就不要想了。"

霍去病见李敢又在看他,指指自己面前不多的几个铜钱道:"我也没几个了。"

李敢跟太宰不熟悉,况且太宰那张难看的脸让他张不开口,最后他瞅着小虫道:"小虫,小郎白日里给了你不少赏赐,先拿来让小郎用用,下回来了加倍还你。"

霍去病把面前的牌推倒,没好气道:"没钱了就结束,跟丫鬟借钱,你丢不丢人?"

李敢抓耳挠腮道:"我还想玩……"

太宰把面前的铜钱、银锭、金叶子全部拢进一个木盒子,也不发话,抱着木盒子起身就走了。

"你家的教书先生遭过腐刑?"霍去病见太宰下楼走远了,掌灯的仆役们也散了,这才小声问道。

云琅一边把竹质的麻将牌归拢到盒子里,一边小声道:"不遭受过奇耻大辱,你觉得一个读书人会隐姓埋名地来我家教仆役们识字?"

"到底什么来头啊?听他授课,比教我读书的先生还要好。"

云琅把最后一枚麻将牌收进了盒子里,叹口气道:"有一个厉害的人来家里帮忙,还多问什么啊?有的用就不错了。"云琅一直在有计划地让太宰、老虎出现在人前,这是一种策略,把他们严严实实地遮掩起来才会招人怀疑,让太宰、老虎习惯人群并且融入人群,才是真正的保护。大隐隐于市,这句话是有一定道理的。

天亮之后，霍去病跟李敢恋恋不舍地离开了云家，今天再不去军营值守，公孙敖会发疯的。回军营，就会路过长门宫。长门宫山门外边的树桩了上绑着一具尸体，尸体的手脚都被拧断了，怪异地向后垂着，被绳子固定在大树桩子上，一根粗大的木棒插在尸体的胸口上，看起来非常凄惨。霍去病跟李敢的战马飞驰而过的时候，惊动了尸体上的苍蝇，如同惊动了一股黑色的龙卷风。李敢奇怪地瞅了一眼，并未放在心上，继续打马跟上霍去病。

去阳陵邑采买的梁翁在回程的时候也看到了那具尸体，告诉云琅之后，云琅沉默了一会，就摇摇头说，此事与云家无关。

张汤来云家的时候，也看见了那具已经腐烂得看不出模样的尸体，派人去长门宫打听之后，就来到了云家。他是来视察云家庄稼的。胡麻已经开出了淡蓝色的小花，结蕾就在这几天；油菜花也开得漫山遍野，偌大的山坡如同一张黄色的花毯；甜瓜已经有核桃大小了；核桃树已经有两尺高；至于胡萝卜，张汤已经吃了三根。

云琅狠下心掰了一片卷心菜嫩叶递给张汤道："尝尝，这种新蔬菜味道不错。"

张汤坦然地将那片卷心菜叶塞进嘴里，慢慢地嚼碎咽了下去，点点头道："甜香，味道不错，哪来的？"

云琅笑道："就是您送来的种子里面夹杂的几颗，只长出来十六棵，我决定全部留种。"

张汤笑道："这算是上天的恩赐。看守好这些东西，就算是不做官，也足以留名青史。"

云琅笑道："我不在乎，九死一生之人，只要平安过完一生就是邀天之幸。您送来的种子里面还有其他的宝贝，也长出来了。"

张汤的眉头皱了起来，司农寺错过一种可以原谅，错过两种，那就是渎职了。见云琅指着一片葱,张汤笑了:"葱姜不算!"云琅笑着点点头,这句话说得真是太好了,葱姜不算,那么洋葱这种葱应该也不算吧?"你种了太多的油菜啊,也种了太多的麦子,为什么不种小米跟糜子呢?"

"小米种了一些,至于糜子,我准备等麦子收割完之后再种!"

张汤的眼睛一亮,他沉声问道:"能做到两熟?"

云琅笑道:"总要试试的。"

"如果成功,你将名扬天下!"

"还是继续忘记我吧!"

"雷霆雨露均是君恩,不可心存怨望。"

"真心话啊……"

张汤瞅着云家左边的长门宫,叹口气道:"总有奸佞让这个世界不得安宁!"

云琅拱手道:"中大夫法眼无差,想必小人在您眼中应该无所遁形。"

"且容他嚣张几日!"张汤高耸的颧骨变得有些潮红,这一幕云琅见过,当初去红袖家取粮食的时候,他就是这副模样。所谓皇帝鹰犬,自然要为皇帝分忧。做皇帝做不到的事情,想皇帝想不到的事情,将所有威胁皇帝安全以及有辱皇帝声誉的事情消弭于无形,这才是一个合格的鹰犬。被鹰犬认为是奸佞的人,下场已经被注定了。"听说你家今年仅仅是养蚕缫丝,就获得了七千余束丝?"

"确有此事,安排专门的人去干专门的事情,总能事半功倍。秋蚕收获在即,大夫想去看看吗?"

张汤笑道:"自然要看看。偌大的一个农庄,从无到有,仅仅一年时间,本官自然要看看你说的专门的人是如何干活的。"

两人说说笑笑地穿过一片甜菜田,这一次,云琅没有向张汤解说这种东西的根部,只说这东西的叶子也能当菜吃,只是味道不如卷心菜。云家的桑苗还小，不能频繁地采叶，妇人们只能拿着长长的钩镰去远处采集荒野里的桑树叶子。五辆牛车上装满了桑叶，云琅跟张汤两人让开小路。

张汤满意地问道:"养了很多蚕?"

云琅点头道:"管事说能产一万束丝。"

张汤笑着摇头道:"该信的一定要信，不该信的一定要看个究竟，大汉国还没有人这么大规模地养蚕。"

云家的蚕房很大，只是建造得很简陋，一群孩子正在用石膏填蚕房砖石上的缝子。青色的砖，白色的勾缝，远远地看起来很漂亮。通风的大窗户打开着，前后左右都有窗户的房子让张汤看得有些发愣，他指着蚕房问道:"这房子是专门用来养蚕的?"

云琅笑道:"是的，今年工匠好找，先盖了这些，等明年钱多了，就多盖几间。家里全是妇孺，总要每个人都有事情做才好。"

第一〇二章 利国利民的麻将

蚕房里面空气清新，黑色的纱布包住了窗户，透过了风，却遮蔽了一部分阳光，房间里有点暗，桑蚕啃噬桑叶的声音如同春雨落地。张汤跟云琅换上了干净的麻布，戴上了一个奇怪的口罩，沿着一摞摞巨大的笸箩架子边走边看。

"再过五天，这里的桑蚕会停止进食，就可以送去蚕山了。"同样打扮的刘婆轻声道。

张汤回首看了一眼不计其数的笸箩，低声问道："会有一万束丝的产出？"

云琅示意刘婆来回答。刘婆施礼道："只多不少。婆子发现，家里的桑蚕长得普遍比外面的桑蚕大一些，如此，产出的蚕丝也就多，一万束丝只多不少。"

张汤再看看身着同样衣衫的其他仆妇，问刘婆："为何要穿这样的衣衫？"

刘婆笑道："这些衣衫，每穿一次就要用烧开的水烫洗一次，进到这里的人不能涂脂抹粉，身上不得有异味。这些蚕宝宝啊，娇贵着哪，一个伺候不好，就会成群地生病……"

听一个婆子说话，张汤没有半点不耐烦，直到刘婆絮絮叨叨地说完，他才叹口气道："果然是专门的人才。"此刻，张汤对这座桑蚕作坊能产出一万束丝没了任何怀疑。

走出蚕房，换掉衣衫之后，张汤正好看到一群孩子吆着庞大的鸡鹅群回来，白茫茫地从草坡上转过，看得他欢喜异常。"这么说，你家准备再开一个专门养鸡、养鹅的作坊？"

云琅苦笑道："有这打算，不过啊，失败了，买来的鸡雏有九只是公的，这些鸡除了吃肉之外，没多少用处。我其实想要它们下蛋来着，不卖鸡，只靠卖鸡蛋就能有不错的入息。"

张汤笑呵呵道："这算什么失败？来年再多抓一些鸡雏，分清公母，不就成了吗？"

云琅摇头道："靠母鸡孵小鸡是不成的，数量太少不说，没办法供应一座庞大的养鸡场的。家里正在进行人工孵化，中大夫想不想去看看？"

"哦？不依靠母鸡就能孵出小鸡来？"

"正在试验，目前刚刚有了一些门道。"云琅邀请张汤到松林里边去，孵小鸡的地方在温泉附近，也只有这里才能给鸡蛋提供合适的孵化温度，"其实啊，这没有神奇之处。母鸡是靠体温来孵化小鸡的，我就想，是不是只要给鸡蛋合适的温度，不用母鸡我们也能孵出小鸡来呢？正好庄园里有两股温泉，我就想用温泉水，来试验一下自己的想法。"

张汤哈哈大笑道："好奇怪的心思，好有用的心思。咦，这又是什么？"走了一段路之后，张汤看见一片空地，空地上有一座简陋的棚子，还有高高的木架竖在其中。

"哦，这里就是煮茧缫丝作坊，是妇人们自己修建起来的，不是很好，准备等冬天翻修一下。"

张汤点点头，钻进去看了一遍，然后跟着云琅继续往里走。松林中有一片空地，这里面南背北，是日照最好的地方，地上有一长溜低矮的茅屋，需要蹲下身子才能钻进去。三个只穿着短裤的半大小子正在忙碌，一会钻进这间茅屋，一会又钻进另外一间。张汤蹲在一间茅屋前面，饶有兴趣地往里看，只见一个小子正灵活地翻动着草窝里的鸡蛋，翻动之后重新把干草覆盖上。"成功了吗？"

云琅摇摇头道："已经损失了不下五百个鸡蛋了，这是新的一批，但愿能成。"

张汤想了一下道："本官以为你的方向是对的，只要尝试，总会找到合适的办法。这样耗费鸡蛋，也只有大户人家能做到，可这天下又有几个大户人家愿意为养鸡而耗费这么多的鸡蛋？一旦功成，养鸡这种妇孺都能干的活计，也不知道能养活多少人。"

云琅笑道："一旦功成，至少会有多得吃不完的鸡蛋！"

"多得吃不完的鸡蛋？哈哈哈，这话有趣！云琅，如果真的有一天能看到鸡蛋多得吃不完这样的盛景，本官情愿亲自做你的驭手，赶着马车带着你夸耀长安城！"

云琅笑道："今年就这样了，明年我才会好好地规划一下山庄，明年这时候你再来，又会不一样。我现在马上就要有一万多束丝了，你有没有好的商家可以介绍给我？卖给官家实在是太亏了。"

张汤挨个看了孵小鸡用的茅屋，听云琅这样说，笑道："卖给官家其实不亏，主要看谁来收你家的桑蚕丝。如果是内府桑弘羊来收，你确实会亏本。如果交给本官来处置，这些桑蚕丝能卖得比市价高半成。"

"以货易货？"

"这是当然，本官手里可没有那么多的钱。"

"有匠奴吗？"

"你需要？"

"当然啊，我家里都是妇孺，如果没有一些匠奴来帮着干活，我怎么继续操持农庄？"

张汤摸着下巴想了一下道："哪方面的？"

"哪方面的都成，我有挑拣的余地吗？"

"老兵要不要？"

"啊？我可以拥有甲士？"

"是啊，十六名扈从，这是陛下准许的，也是你一千石官职可以拥有的。"

"我们大汉的军卒不是……"

"有一些还是可以退下来的，中军府衙就有一批刚刚从雁门关下来的老兵，你明日可以提前去挑选。你要的工匠我也会去找，剩余的用粮食、牛马、皮货、漆器、生铁，还有一些铜器交换，你看如何？想不想要歌姬？"

"歌姬不要，别的都要，牛马、生铁、铜器要占到至少六成货值。如果可能，驴子也要多些，家里妇孺多，驴子比较好使唤。还有啊，砖瓦我也要，越多越好。"

张汤点点头道："就这么说定了，先期交割七千束丝，秋蚕收获之后我们再交割一万束丝。"

从松林里出来的时候，两人已经商讨完了所有交换事宜。此时天色已经暗了下来，还下着小雨。张汤眼看着是回不去了，云琅自然殷勤地招待一番。饭后的麻将，不等云琅说，丑庸、小虫、梁翁、刘婆四个就摆开了战场。好奇的张汤跟云琅一人抱着一个红泥茶壶在外围观战。看了几圈之后，丑庸跟小虫就被撵下桌子，换上了云琅跟张汤。张汤果然杀伐果断，还总喜欢拆牌，两圈下来就被云琅跟刘婆杀得丢盔弃甲。

"好东西，比围棋、投壶有趣太多了！你弄出来的？"张汤虽然输了很多钱，却面不改色，还小声问云琅这东西的出处。

云琅笑道："日落之后，大汉能玩耍的事情不多，除了酒色之外还有什么？坏风气啊！哪有打两圈麻将再睡觉来得逍遥？"

"有道理，这副竹牌，本官就不客气了。"

云琅让丑庸拿来一个精巧的小木盒放在桌子上，里面装着一副新的竹牌，他对张汤道："家里做了一些，您看看还有谁需要，五两好银一副，童叟无欺。"

张汤掀开盒盖，瞅瞅里面制作精巧的竹牌，叹口气道："你这样的人如果不发财，那就是上天无眼啊。"

云琅笑道："他们购买的不是竹牌，而是智慧。五两好银的价格不贵，这个钱我最多只能赚半年，超过这个时间，人家就会弄出更好的麻将牌，比如白玉的，比如玛瑙的，比如象牙的。所以说啊，赚大钱的其实是那些买我竹牌的人，说句实话，我本该要五两金子的。"

第一〇三章 刘彻的大裁军

云家到现在一直处在无序的发展中。云琅做了一个大致的规划，细枝末节就被云家几个分不清主次的仆人给主导了。云琅不熟悉汉人做事情的方法，因此，他一般会站在后面看，看看普通的大汉人是怎么做事情的。结果他发现，普通人现在做的事情跟两千年以后的普通人做的事情没有什么区别。至于勋贵们做的事情，跟后世的权贵们做的则有着天壤之别。他们作恶不需要遮拦，不需要伪饰，一副我是勋贵我有理的嘴脸。就是因为害怕这些勋贵肆无忌惮的做派，云琅才不得不一次又一次地忍受丑庸他们做的愚蠢决定带来的恶果。好在上苍保佑，就因为这些愚蠢的做法，云琅终于脱离了张汤的监管。此时的云琅，在张汤眼中已经由一个来历不明的人，变成了一个对世事一窍不通、一门心思研究百工之术的学者。在大汉国，有两种人只会受到尊敬，不会受到迫害：一种是大司农麾下专门负责研究农作物的司农寺博士，另一种就是将作大匠麾下专门研究各色建筑、桥梁以及农田水利的大匠。即便是吕后专权的时候，也没有向这两种人挥起过屠刀。

云琅相信，这一季庄稼成熟之后，他一定能够进入这两者的行列。刘婆的出现表明云家开始从混乱无序中走出来，向有序整齐进发。十六位武士的进入，则代表着云家彻底进入了自主阶段。不论是梁翁，还是丑庸，都为云家马上就要有强大的武士欢呼。他们以前之所以大肆往云家拉人，就是出于最原始的抱团取暖的想法。至于给云家招揽妇孺，没有招揽强壮的男人，也是基于安全考虑的。只是他们不懂得循序渐进，事情做得急躁而愚蠢。

大汉的军队分为三种：第一种是边军以及属国军，他们的数量是最多的，不但要负责边防，还要负责地方的安宁。第二种是强大的北军衙门，北军衙门所属的大军，无疑是军中最强大的一支，攻城略地，突袭强攻，远征蛮夷，压制四夷，维护汉帝国的威严全靠他们，他们常年驻守在长安三辅。第三种就是南军衙门，云琅所属的建章宫骑也就是羽林军就属于南军衙门，长安城卫军、宫卫都隶属这个衙门，成员都是良家子，或者勋贵子弟，也是汉帝国政权最忠贞的维护者。在这三种军政衙门之外，还有一个负责军伍事宜的中军府衙。这个衙门没有统兵权，只负责招募军卒以及处理军卒退役事宜。

云琅跟张汤回到阳陵邑之后，就匆匆来到了中军府衙。他万万没有想到，这里居然如此热闹……无数苍老的军卒正盘腿坐在中军府衙门前，静静地瞅着大门，没有喧闹，也没有哭喊，场面死寂一片。之所以说热闹，纯粹是因为周边旁观的百姓在那里起哄，有的要老军跟他走，说他家里还缺少一个长工，有的喊着自己家有一个守寡的妹子可以婚配。

张汤笑吟吟地瞅着混乱的中军府衙笑道："陛下开恩，准许五十岁以上的老军还家。"

云琅瞅着这些老军，皱眉道："陛下没有给他们一些补偿吗？"

张汤笑道："能脱离军队对他们来说就是一种莫大的恩赐。他们回到乡下，官府自然有土地分配，且他们不用纳税，从此可以老死乡间，再也不必受远征之苦，他们赚了。"

云琅不由自主地翻了一个白眼。他实在是弄不明白刘彻的想法。一个从十五六岁就开始当兵，转战天下三十余年的人，你叫他放下武器拿起锄头？且不论他还会不会种庄稼，即便会种，这些无依无靠的老军难道真的可以依靠种地颐养天年？与其这样，不如趁着还能动弹，当强盗快速地"致富"之后再颐养天年。云琅不知道眼前这些静坐的老军是怎么想的，反正他就是这么想的，如果他落到这个地步，一定会先去想方设法弄一大笔钱，再按照官府安排的，去一个山清水秀的地方种地养老。说白了，刘彻的政策很好，唯独少了一笔给老军的补偿银钱……云琅指指老军对张汤道："他们似乎有些不情愿！"

张汤哼了一声道："不知天高地厚！"说完就带着云琅施施然穿过静坐的老军们，向衙门口走去。

或许是云琅的军装引起了老军们的主意，一个苍老的老军拉住云琅的衣袍恳求道："求郎官替俺们说说话，连归家的路费都没有，老卒如何返乡？"张汤冷冰冰的眼神扫过来，老军顿时就住嘴了，重新低下斑白的头颅，一脸的凄然之色。

"就近安置！本来的打算就是就近安置，家在燕赵之地的难道也要走几千里地回家吗？需要多少银钱做路费你们难道不晓得？陛下仁慈，不忍见你们老死军中，连骸骨都不得归乡，特意降下旨意给了你们一条活路，莫得寸进尺！"

"校尉啊，老卒情愿老死军中，求校尉给个恩典，打发老卒回归细柳营。"

"哼，当兵还当成油皮了！军中钱粮自有定数，哪里容得你们耗费？陛下的旨意从无更改的先例。与其在我这里耗工夫，不如去找一个新的家主。来人啊，将他们给我拖出去！"

云琅刚刚走进中军府衙，就听见里面传来一阵激辩之声，紧接着几个衣衫破旧的老军就被几个护卫推推搡搡赶了出来。其中一个走得稍慢，被护卫一脚踹在屁股上，从大门里跌了出来。张汤跟云琅两人站在大厅下的小院子里，仔细地研究着园子里开得正艳的石榴花，对眼前的一幕似乎没有看见。不过，云琅从那个跌倒的老军眼睛里,已经看到了强盗的影子。

等几个老军被赶出院子之后,张汤笑吟吟地走进大厅,冲着大厅上端坐的大胡子校尉拱手道:"子良兄因何暴跳如雷?"

大胡子校尉连忙起身拱手施礼道:"中大夫何来?"

张汤拉过云琅介绍道:"陛下准备给羽林司马云琅配十六名骑卫,某家听闻子良兄这里人满为患,就来了。"又对云琅道,"这位仁兄乃是中军府曹椽校尉孟度,为人素来雅达,云司马如果想要骑卫,尽管与这位仁兄交涉。"

孟度看着云琅笑道:"以幼龄就任羽林司马的云琅,某家早就有所耳闻,今日一见,总算是得偿所愿。来来来,赶紧入席,过得几年,某家就算是见到司马,也要尊一声上官了。"说完就拉着云琅入席,跪坐在案几后面。

云琅苦笑一声道:"在下愚蠢之名已经入了曹椽之耳,恐怕将来想要再进一步难比登天。"

孟度大度地挥挥手道:"在你这年纪犯错算什么?老夫在你这年纪还在跟狗打架呢。历练上几年,一定是国之干才!"

云琅躬身道:"多谢长者提携。"

孟度指着云琅对张汤道:"看看人家的孩子,再看看老夫的孩子,昨日才被老夫用鞭子教训了一顿,唉,没法比啊。"

张汤笑道:"喜欢这孩子,就让你家的小子多跟他接触一下。这次老夫去他家的庄园看过了,陛下交代的几样活计,他样样干得漂亮。人家家中全是妇孺,他却把妇孺的用处发挥到了极点。老孟,不是我张汤看不起你,莫说你儿子,就算是你,在治理家业方面也跟云司马相去甚远啊。"

"哦?"孟度惊讶道,"这还是某家第一次听兄长夸赞一个人,此言当真?"

张汤哼了一声道:"不说别的,他家的庄园从无到有不到一年,已经出产了一万七千束丝,就这一条,你比得上吗?"

孟度霍地起身,拉着云琅的手道:"不到一年出产了一万七千束丝?此言当真?"

云琅苦笑道:"张公谬赞了,只有七千束丝,另外一万束丝还在桑蚕的肚子里,没有吐出来。"

孟度握紧了云琅的手道:"已经了不起了。不如选一个日子,老夫亲自去看看。"

张汤笑道:"让少君去吧,妇人煮茧缫丝,男子去了多有不便。"

孟度大笑道:"是极,是极,不若犬子与拙荆同去?"

第一〇四章 官员的行为习惯

云琅不明白张汤为何要这样做，很明显的一点就是，这个孟度与张汤应该是一个利益共同体里的人。

张汤之所以关注云氏，一来是他习惯性地怀疑任何人，二来也是受皇帝之命监管给云家的新植物种子。通过这一段时间的观察，张汤得出了一个非常肯定的答案，那就是云氏的出现对大汉只有好处没有坏处。尤其是云家层出不穷的新式农具、水利器具以及马蹄铁，都从侧面证明了云氏不可能是什么心怀叵测之徒。如果真有奸细肯用这几样东西作为隐藏身份的代价，皇帝也会睁一只眼闭一只眼，甚至会希望这样的奸细越多越好。大汉朝的官员勋贵不可交，这一点张汤看得非常清楚，他们的荣辱盛衰都维系在君恩上。当今皇帝并非一个宽宏大量的仁德之君，昨日还钟鸣鼎食的大富之家，失去了君恩，转瞬就会灰飞烟灭。这样的人家，张汤看得多了，也亲手干掉得多了。像云氏这种专心桑麻的人家，才有可能永远地鼎盛下去，因为这样的人家对帝王没有威胁；反过来说，这样的人家是帝王真正的臂助，只要皇帝不是昏聩到了极点，这样的人家永远都是皇帝拉拢的对象。皇帝此次大裁军，张汤更是看得清楚明白，他们的陛下就是一个刻薄寡恩的君王。对于军中有用的军卒，他给的待遇丰厚，对有功之臣更是不吝厚赐，而对那些已经没有大用的老军，则一裁了之。见云琅与孟度交谈得愉快，张汤不由自主地摇摇头，有本事的人，不论在哪里，都能遇见对他和善的人。

"门口的那些老军，在下不敢要啊。"寒暄过后，云琅终于说出了自己的要求。

孟度笑道："外面的这些人已经习惯在军中混日子了，现在没了钱粮，自然要闹事。某家也是看在他们为国征战多年的分上，这才耐着性子任由他们胡来。若是过了本官容忍的底线，他们只能去劳役营。云司马所想本官明白，这里还有一份名单，小郎大可放心挑选，都是有跟脚的人家，只要不是太苛待，他们一定会忠心耿耿。"

张汤凑过来瞅了一眼名单道："嗯？全是关中良家子？"

孟度点点头道："有家有室，只是不耐农活，想用一身的本事换一种活法。放心，都是从北军大营里出来的悍卒，别看年纪大，一般的军卒在他们手底下可过不了两个回合。"

云琅拱手道："在下看着名单也是两眼一抹黑，还劳长者替云氏挑选十六名护卫。"

孟度点头道："这是自然。告诉你啊，挑选护卫首先要摒弃的就是军官！再者，同一县的尽量要少取，同一乡、同一亭的更是在摒弃之列。军中最重同乡，要是人家拧成一股绳地对抗主家，这样的护卫不如不要。再去掉立下军功的，剩下来的就很好挑了，年纪轻一些的、家里人口多的，都是首选。"孟度说着话，就提笔在名单上勾画，不一会就勾选出来十六人，还特意在这些人的名字后面缀上了"武械"二字，然后丢下毛笔笑道，"这是本官所做的极致了，至于战马，就需要小郎君自己配备了。"

张汤拿起名单瞅了一眼，笑道："你还真是会拿国器做人情，算了，就当我没看见。"

孟度怒道："你看见了又如何？他们的武械早就报损了，丢在仓库里也没人用，难道就让它们白白地锈蚀掉？军卒离开大营，带走属于自己的武械，乃是军中惯例。"

张汤微微一笑，也不争辩，只是看着云琅。云琅岂能不知这是张汤在给孟度做人情？他连忙拱手道："孟公厚爱，云琅感激不尽，只是不知这十六名护卫的家眷是否会算进云氏百户仆役数目之中？"

张汤摇头道："良家子如何会自降身份操持贱役？自然是不同的，除了官家给的俸禄，你可以给他们分一些田地，建造几座房屋，从此他们就是你的部曲。他们的赋税也是要你来出的。等到老卒老死，或者不堪使用，你还能从他们的子侄中挑选一个来继承老卒的官俸，继续为你所用。"

孟度笑道："既然事情已经办妥，那就同去我府上饮一杯酒。"

张汤哈哈一笑，拍拍云琅的肩膀道："要貔貅吐出请人饮酒之言，可是难上加难。千古良机，不可不去！"

云琅笑吟吟地答应了。跟张汤在一起就是这个样子，这个人的控制欲太强，即便是在无意之中，也会把握主动，从头到尾都没有给云琅任何选择的余地。云琅喜欢别人拿他当小孩子看，人畜无害的小孩子跟谁打交道都能占一些便宜，即便是说错话，做错事，也只会认为是童言无忌，或者经验不足。云琅回想起跟长平打交道的过程，如果自己是一个成人，根本就不会有现在的结果。

孟度有两个傻儿子……在得知孟度与老婆乃是表兄妹之后，云琅就很理解他的两个儿子为什么都十五六岁了还流鼻涕。见了鬼了，孟度的老婆很漂亮，是真漂亮，柳叶眉，瓜子脸，长脖子，高胸脯，身段更是没的挑，根本就看不出是三十二岁的人，孟度在他老婆面前似乎没有什么地位。眼看着他老婆跟张汤调情,他还一个劲地劝云琅喝酒……更可怕的是孟度的两个儿子都成亲了,娶的还是表妹,一气娶两个!凭这一点,云琅就好像已经看到了孟度家族的未来……

"你家有鹅?"孟大含糊不清地问云琅。

"有啊,三十几只,每天早上就跳进池塘里捉鱼吃。每次捉到鱼,那些大白鹅就仰着头把鱼丢到半空,然后一嘴咬住吞下去,可好玩了,你去我家的时候就能看到。"云琅上辈子就是在智力有缺陷的孩子群中长大的,对这样的孩子,他从没有歧视过,相反,有着极大的耐心来跟他们交流。

"娘娘,咱家也养大白鹅好不好?"孟二拉着快要坐进张汤怀里的母亲连声问道。

孟家的少君满是风情的眼角流露出一丝苦涩的意味,敷衍道:"好啊,咱家也养大白鹅!"

云琅笑着对一脸幻想傻笑的孟大道:"我家养鹅,可不是为了好看,而是为了养大之后卖钱。你知道不?鹅蛋很腥,不好吃,我家一般都是把鹅蛋用盐水腌了,然后煮熟,那东西下饭最好。"

"想吃!"

"现在不成,我家的鹅太小,还不到下蛋的时候,想吃盐水鹅蛋,要等到明年才成。"云琅见孟大、孟二失望至极的模样,扑哧一声笑道,"笨蛋啊,没有鹅蛋,我家有鸡蛋啊。说起来,咸鸡蛋可比咸鹅蛋好吃,尤其是腌透了的咸鸡蛋,里面会有蛋黄油,我每次吃的时候都是先吃蛋黄,连油一口吞下去,蛋黄沙沙的,里面的油香香的……"

孟大、孟二的表情单纯得云琅一眼就能看透,不知不觉地,云琅眼前似乎出现了在孤儿院的场景,傻傻的小朵抱着他的腿要吃豆花……

孟度淡淡道:"云司马与小儿倒是合得来。"

云琅叹口气道:"一样米养百样人,徒呼奈何!"

张汤疑惑道:"孟大、孟二愚钝,这在阳陵邑并非什么秘闻,小郎看似与他们……"

"我小的时候,曾经与十余名愚钝的人相依为命。他们虽然愚钝,心性却是最好的,与他们在一起的日子,也是云琅此生最快活的时光。"云琅的语气逐渐有些不耐烦。

张汤追问道:"能否……"

云琅决绝地摇头道:"我会用我的命来维护他们的尊严!"

第一○五章 臭嘴曹襄

云琅的心情变得很坏,他忽然想起,云婆婆不在了,自己也不在了,小朵他们怎么办?

张汤笑吟吟道:"看来这就是你的逆鳞?"

云琅皮笑肉不笑道:"那是我的神殿!"

张汤挥挥手道:"好吧,不问,不问,你这个坏脾气的小子。"

孟度忽然施礼道:"某家刚才失礼了。"

云琅瞅着孟大、孟二道:"有时间送他们去我的庄子里玩耍。神智这东西是后天培育出来的,上天有好生之德,为某一个人关上一扇门的时候,一定会为他开一扇窗。"说完,云琅就起身告辞。

孟度将云琅送出门,至于张汤,似乎要住在孟家……看得出来,孟度很想跟云琅多说会话,云琅却不愿意久留,他很担心孟度提出要他留宿。

云家的小院子依旧安静。跟着云琅来阳陵邑的褚狼很快活,见家主早早就睡觉了,他却坐在门墩上看着来往的人群,不知道在想什么。云琅只要开始思念云婆婆他们，就会催自己早点入睡，只有进入了梦乡才会跟他们相见。早上醒来的时候，云琅的枕头湿湿的，他枯坐在床上，却无论如何都想不起来昨晚梦见了什么。他重重地一拳砸在大腿上，触电般的酥麻顿时让他的后脑勺出了一层白毛汗。

云琅拖着失去知觉的腿下了床，把脑袋闷在木盆里面，直到快透不过气了才抬起头。

"继续啊，你闷得没我时间长！"霍去病坐在二楼的栏杆上晃荡着腿。见云琅依旧睡眼惺忪，他就找来一个装满井水的木桶，跟云琅的木盆并排放在一起，然后按着云琅的脑袋跟他一起比试闭气功夫。这回闭气的时间很长，一个喝了半盆水，一个喝了半桶水，走起路来肚子里都是丁零咣啷地乱响。

"你差点淹死我……呕……"云琅一边往外吐水一边道。

"我也差不多了……呕……"霍去病吐水吐得跟鲸鱼一样。

"你什么时候回来的？"

"昨日。听说你来了，还以为你是来看我相亲的，结果你去孟度家里了。怎么样？他家的婆娘滋味如何？"

"不知道，你可能要去问张汤，他昨晚留宿了。你说那个孟度怎么回事？好歹也是一个高官，脸皮都不要了？"

"你管人家的闲事做什么？陛下都不管，你以为你是谁？"

"啊？这样的事情陛下也不管管？"

"怎么管？孟度在陛下还是胶东王的时候就是陛下的武士总管，为陛下出生入死也不是一次两次了。生了六个孩子，死了四个，活了两个，还是两个傻子。术士张裕说他当年杀人太多，煞气太重，得罪了阴灵，只有找灵秀之人跟他老婆睡觉才能化解阴煞……"

"等会，先让我吐一会……好，吐完了，你接着说。"

"没什么好说的。人人都说张汤还是孩子的时候就能审判老鼠（张汤小时候受父命看守一块肉，结果肉被老鼠给偷走了，他被父亲揍了一顿。张汤不服，就挖开老鼠洞，找到了剩下的肉，也捉到了老鼠，他就写了一张判词，判了老鼠磔刑。那判词写得很老到，比老刑名写的差不到哪里去），是真正的有宿慧之人，是最好的化解煞气的人选，然后……你懂的。"

"我懂什么啊？"

"你也有宿慧啊，我舅母说的。真奇怪，你没被孟度留在府中过夜真是出人意料。"

"那个叫作张裕的术士死了没有？"

"没有啊，他前几天还告诉陛下，用金器装食物能得长生！我舅母昨日专门给宫里送了一个金碗、一个金盘子，跟一双金筷子。"

"这我就放心啦。"云琅长出了一口气，只要刘彻还是一贯地愚蠢，他对自己在这个世界里安身立命就没有多少担忧。

"麻将呢？"霍去病在云琅屋子里找了半天都没有找到麻将，很生气。

"我是来办事的，拿麻将干什么？你不是拿走了一副吗？"

"被我舅母要走了，讨不回来了。"

"我们两个人打什么麻将啊？"

"我已经告诉李敢你来阳陵邑了，马上就会有很多人来，我还派人去采买了，中午饭、晚饭都要在你这里吃。"

"滚蛋！我今天要接收家将！"

"哦？你要有家将了？在哪？我去看看！"听说没有麻将，霍去病蔫了一半；听说云家有家将了，他忽然又兴奋起来了。这人就这样，一惊一乍的，云琅无论如何也没有办法把这个经常犯"中二病"的少年跟历史上赫赫有名的冠军侯联系在一起。历史上的霍去病显得很独，现在不一样了，他至少已经跟李敢成了好朋友，估计干不出一箭射杀李敢的事情了。对于这个小小的改变，云琅很得意。

还没有到中午，云家小院子里就挤满了人，李敢拿来了麻将，找了三个纨绔在小院子里开战。来的大多不算什么好人，连云琅一直想要弄死的长平公主的儿子曹襄也来了，最让云琅没想到的是孟度的两个傻儿子孟大、孟二也来了，满满当当地挤了一院子。

没说的，孟大、孟二立刻就成了众人取笑的对象，这些家伙总是问孟大、孟二跟自己老婆在闺房的场景。

"真的，冉冉总是骑在我身上欺负我……"

"要不你把她喊出来，让她骑在我身上欺负我如何？"

"好啊，好啊……"

"这就说……哎呀！"那个穿着绿衣服的纨绔话还没有说完，就被霍去病跟李敢两人提着手脚给丢出去了。霍去病还踩着那人的脸道："我刚刚定完亲，你不打算让岸头侯家的长女骑在你身上欺负你？"那个纨绔连道不敢。

李敢搬开霍去病的腿，把那个纨绔拉起来道："能进入这个院子的，我李敢都把他当兄弟，谋算兄弟老婆的算什么兄弟？你走吧，今后我们就当不认识。某家真的害怕有一天在我家内室的床上看见你。"那个纨绔也自觉失言，朝李敢拱拱手，转身就离开了，他不恨李敢，却恨霍去病。李敢见那个纨绔走远了，就皱眉道："你这话说得好没道理，张次公的长女贤良淑德，你不该这样羞辱她。"

霍去病撇撇嘴道："一个妇人而已，算得了什么?！快进去，耶耶这一把就要和牌了。"

云琅跟孟大、孟二玩得很愉快，主要是孟大这家伙看起来很傻，却有一双灵巧的手，云琅都没有去干净的鸡骨头，他捣鼓了几下之后，竟然完整地掏出来了。这家伙有当厨子的潜质，云琅将肚包鸡的做法演示了一遍，很快，一口大锅里就漂着七八只用猪肚包起来的肥鸡。三个老妪在忙着烙饼。这是云家的特产，一大锅鸡汤，鸡肉，肚子，再加上一大摞子葱油饼，对付一顿午餐还是没有问题的。

　　一个纨绔隔着云琅的肩头看大锅里煮的肚包鸡,一副馋涎欲滴的样子,好几次口水都滴下来了。云琅不耐烦地抖抖肩膀道:"你谁啊?"

　　"曹襄,就是你总想一拳打死的那个曹襄!"

　　"你怎么知道我想打死你?"

　　"霍去病说的。哎呀,你问这干什么?这鸡肉熟了没有?"

　　"还没……你对我想一拳打死你有什么想法?"

　　"能有什么想法?你又不敢一拳打死我娘,只好打死我泄愤。满长安想一拳打死我的人多了,你算老几?"

　　云琅乖乖地挑起大拇指,这么直爽的人,确实很罕见。

第一〇六章 曹襄的病是吃出来的

给竹竿穿上衣衫，戴一顶荷叶，就是曹襄的样子。这人虽瘦，却非常能吃，一只肚包鸡被他一个人吃了，他又连续吃了三张比锅盖小不了多少的葱油饼，还意犹未尽地喝了两碗鸡汤。东西吃下去了，原本就大的肚皮鼓得更大了，人也变得如同一个不倒翁，显得更加滑稽。云琅叹了口气，这分明就是一个血吸虫病患者，还是晚期。

"你快死了！"云琅端着另外一只碗吃着肚包鸡，他不想太靠近这个将死的患者。

曹襄喝了一口鸡汤点点头道："医者说我已经无救。术士说我最多再活一年。"

"你不担心？不害怕？"

"以前担心，也害怕，后来就这么着了。"

"你如果不是那么喜欢吃鱼脍的话，就不会得这种病！"

端着汤碗的曹襄愣了一下道："你知道病因？"云琅点点头，继续吃鸡肉。

曹襄放下饭碗道："你是不是也知道怎么才能治好？"

云琅嚼着鸡肉道："九成！"

"帮我治，治好了我念你一辈子。"

"不用念我一辈子，只要你老娘别再来找我麻烦，我就帮你治，去年被你娘坑得好惨！"

"母债子还。"

"拉倒吧，就你的那个老娘，不把人捏手心里她能睡得着觉？我总觉得这段时间她没来找我，肯定憋着什么坏呢，我每天都过得战战兢兢的，就怕她打上门来。"

曹襄皱眉道："曹氏我说了算！"

"真的？"

曹襄叹了口气道："假的。不过，我的小命危在旦夕，她身为母亲总要顾忌一下的。"

"过程很危险，不过，有九成把握，也就是说，十个感染血吸虫病的人，有九个能治好，剩下一个就看运气了。"

"不会比等死更糟糕吧？"

"当然不会，最糟糕的状况也能让你的病情不再恶化。"

"你说我肚子里有虫子？叫什么来着？"

"血吸虫！"

"听名字很厉害啊，你是怎么知道的？"

"你的这种病，在水泽密布的南方很普遍……"

"我要怎么做？"

"在云氏庄园，用最快的速度盖一座三层小楼，打开后窗户要能看见骊山，打开前窗户要能看见渭水，左面的窗户打开之后正好欣赏雨后的彩虹，打开右边的窗户必须能欣赏到我家的草场。"

"这跟我的病有关？"

"没关系，不过啊，你也可以不造！"

"造，必须要造，不造非人哉！你看，一座够吗？"

"我家还少围墙……"

长平听完曹襄的话之后，一下子从锦榻上跳起来，张开双臂就要搂抱儿子。曹襄向后退了一步，避开母亲的怀抱，低声道："孩儿肚子里全是血吸虫。"

长平不管不顾地搂住儿子道："我宁愿你肚子里的虫子全部钻进我的肚子里，也不想让你受这么多年的苦楚。"

曹襄幽怨地瞅着母亲道："云琅说我这病都是吃鱼脍吃出来的，娘啊，我第一次吃鱼脍还是您带我吃的。"

"啊？那个小混账真是这么说的？"

"真的，云琅又不知道我喜欢吃鱼脍，去病向来大大咧咧的，更不会在意这些事，也不会告诉他。"

长平擦拭一把眼角，拉着曹襄就向外走，一边走一边大声地吩咐仆役们准备车马。

"娘啊，我们去哪？"曹襄莫名其妙。

"去哪？当然去云家，你的病一刻都耽误不起。"

"可是我答应给他家盖楼弄围墙呢……"

"只要能治好你的病，莫说楼阁、围墙，就算是把侯府拆了，为娘也干了！要是敢糊弄我们，为娘一定要把云家庄园踏为平地！滚开，给我牵马来，马车给侯爷坐！"曹襄眼看着向来温柔的母亲一脚就把一个丫鬟踹了一个跟头，只好缩缩脖子乖乖地上了马车。

半个时辰后，云琅已经跟曹襄坐在一辆马车上，行驶在阳陵邑城外的大道上了。他甚至连外衣都没有穿，一件背心、一条内裤就是他身上所有的遮蔽物。曹襄看着云琅的内裤道："这衣服不错，明天让织娘给我也来一套，穿上这东西，下面不漏风。"

云琅靠在马车厢壁上，脑袋被颠簸的马车磕得梆梆作响，痛苦道："你没跟你母亲说我的条件？"

"说了，一字不漏。对了，忘了问你，你怎么跟去病、李敢三人睡一张床啊？"

"酒喝高了，有什么不对吗？"

"这样啊，等我病好了，也跟你睡一张床！"

"滚！"马车门忽然开了，霍去病打着哈欠从外面钻进马车，他身上也只有内裤跟亵衣，刚刚下过雨，晚春的深夜还是很凉的，更不要提纵马了。

"呀呀，去病也穿着一样的衣服。李敢呢？李敢是不是也穿着？你们都有啊，这有什么寓意吗？"

曹襄的嘴巴很臭，云琅问霍去病："这就是你要一拳打死他的理由？"

霍去病摇摇头道："上一次追杀他的时候让他摔了一跤，我被我舅舅吊起来用皮鞭抽，打那以后，我就不理睬他了。算了，睡吧，你想跟皇家讲理，等你八十岁以后吧，现在，呵呵，忍着吧。"

曹襄从来没有经历过这么刺激的事情，一时半会睡不着，见云琅跟霍去病两个人盖一床毯子睡觉，眼睛骨碌碌乱转，也不知道在胡思乱想些什么。

天色刚刚亮，车队就到了云家庄子。在马上坐了一夜的长平看不出半点疲惫之态，进了云家庄子之后，就很自然地派人整理云家的正楼，也就是云琅睡觉会客的地方。梁翁、丑庸、小虫如同鹌鹑一样缩着脑袋，看着一大群衣着艳丽的仆妇把云家的正楼用清水擦拭了一遍。丑庸悲哀地发现，人家手里的抹布都比她身上的衣服料子好。

云琅总算是有衣服穿了，霍去病也换上了云琅的衣衫，倒是曹襄现在睡得跟死猪一样。

"接下来怎么做？"长平一身的猎装，声音低沉而威严。

"采药！"云琅无奈地摊摊手。

"什么药？"

"马鞭草、苏叶、青蒿这三种。"

长平疑惑地瞅着同行的一个老者道："医者，你可知这三味药？"

年迈的医者沉思了片刻道："苏叶应该是紫苏，老夫药囊里就有，只有七月之后的才堪入药；青蒿哪里都有；马鞭草为何物？"

云琅懒得回答医者的话。当初云婆婆欠了医院很多钱，一位主任很同情孤儿，准许她赊欠药费却被问责，结果，虽然血吸虫病是一种可以免费治疗的病症，却也没人给孤儿治疗。没办法，她就是用这个法子治好了一个外地孤儿的血吸虫病。

这是三种普通得不能再普通的草药。霍去病陪着云琅上了骊山，中午回来的时候，满背篓装的都是草药。马鞭草淡紫色的花朵开得正艳，嗅起来有一股子淡淡的药香。

"这东西真的能治曹襄的病？"霍去病觉得很不靠谱，云琅就在水沟边上找到这些药材的。

"治病的药，只看对症不对症，可不看名贵不名贵。曹襄患病时间已经很长了，肚子鼓大，这是明显的肝部受损症状，还需要配上野三七帮他补肝才好。"

霍去病闻言松了一口气，事实上，连他都不明白，自己对云琅的信心是从哪里来的。

二人回到云家之后，曹襄已经醒了，正坐在二楼的平台上眺望远方。见云琅跟霍去病回来了，他笑道："等我病好了，我带你们去长门宫玩，那里的女子很好看。"

云琅、霍去病对视一眼，齐齐道："不去！"

"呀呀,你们应该喜欢女人,男人喜欢男人有些怪!"

云琅咬着牙道:"等我治好你的病,我们做的第一件事情就是揍你一顿!"

第一〇七章 大汉国无自由

揍死曹襄的话只能在曹襄面前说，在长平面前说会被长平先揍死，而曹襄这个可怜的孩子对于被别人揍死有着说不出的向往。很久很久以来，他就像一个瓷人一般行走在世上，平生受到的最大伤害就是被霍去病追赶摔了一跤。他经常命令仆役、家将们去揍人，却从未品尝过挨揍的滋味，他认为这是不正常的，他的人生不太圆满。

马鞭草、苏叶、青蒿熬成的汁液说实话味道不太好，可是曹襄就像喝水一样地喝下去了一大碗。他似乎很能接受汤药里的各种奇奇怪怪的味道，或者说，他对草药的怪味已经不是很敏感了。

云琅发现，自己对云家的控制其实是虚假的，从长平走进云家的那一刻起，家主似乎就变成了她……"既然进了云家，那就要一心一意、忠心耿耿。本宫不管你们中间有谁家的探子，在这一刻，给我忘掉你们以前的主人。如果因为你们让云家倒了霉，即便是陛下派来的探子，我也能让陛下下令夷灭你们的三族，听清楚了吗？"云琅还没有进门，就感受到了长平身上属于皇家的霸气,她的语气清冷,带着一股子淡淡的金属之音,这一刻没人怀疑长平能否做到她刚才说过的话。十六个护卫跪在地上,脑袋抬都不敢抬,有两个护卫身体局促地挪动了一下,长平就接着道:"感到为难的现在就可以滚了,被我日后发现,就不是死一个人能结束的。"那两个挪动身体的护卫如蒙大赦,重重地叩头之后就趴着后退,退到门口,迅速地起身,一刻都不停留地向外走去。

长平见云琅在门口,就朗声道:"襄儿喝完药了?"

云琅走进来瞅着剩余的十四个护卫,对长平道:"喝完了,他的身体很弱,至少要在这里待半年。"

长平点点头,瞅着那些头发花白的老军,皱眉道:"你从哪里找到了这些老卒?"

"中军府衙,都是从北府退下来的好汉。"

长平撇撇嘴道:"北府的好汉哪里轮得到你招揽?这些人大部分是人家别有用心地安排在那里的,就等着你这种新来的官员招揽,好慢慢找你的把柄,最后为他们所用。全部开革了吧,本宫重新帮你找!"

云琅摇摇头道:"家里不安稳,又住在荒郊野外,需要人手看护,就他们吧。这里没有什么秘密怕被人知道,我也志不在朝堂,有个身份保护我,保护家里的这些妇孺,就足够了。"

长平笑道:"你倒是坦荡。也罢,这些老货你还能用几年,等家里的少年成长起来之后就换掉他们,给他们一个养老吃饭的差事也就是了,私密的事情还是不能交给他们。"

云琅连连点头,长平能陪着他给这些护卫演一出亲近的戏,已经是难能可贵了。梁翁带着剩余的护卫出去,给他们安排居住的地方。

长平看着云琅叹息一声道:"告诉我实话,曹襄真的能治好吗?"

云琅给长平的茶杯倒满水之后道:"有九成可能,即便治不好,也能续命。"

"可有治好的先例?"

"有!"

长平长出了一口气道:"这就好,这就好,总算是对得起他死去的父亲。"直到此刻,云琅才从长平的身上多少看出一点女人的样子,不论怎么说,一个母亲对儿子总不会差到哪里去。

老虎大王伸着懒腰从院子外面走进来,满院子的仆役、丫鬟乱成了一团。看到这一幕,老虎就高兴,张嘴嗷呜叫唤了一声。胆小的丫鬟嗓子眼里噗喽一声就昏倒了,胆子大一点的仆役高声叫喊:"打老虎!"

长平倒是一点都不害怕,饶有兴趣地瞅着老虎对云琅道:"这就是你养的那头老虎?"云琅连忙点点头。长平斥退了拥进来的护卫,跟云琅一起走到老虎身边,探手抚摸一下老虎毛茸茸的脑袋道:"还算乖巧。不过啊,你既然养了猛兽,就要管好,出了事,人家只问你这个主人。"

老虎用脑袋蹭着云琅的腰。云琅抓着老虎的耳朵道:"这是我兄弟,没它我活不到现在。"

长平站在太阳地里,伸了一个懒腰,仰着头让阳光洒在脸上,看得出来她这一刻真的很放松。"对谁都有戒心的小子啊,你的心就是一颗石头,揣进怀里也焐不热。你想要的无拘无束的生活,在大汉是找不到的。如果你对所有人都没有用处,那么你就会被所有人忽视,那样的你就如同路边的野草,不论是被马踏了、车碾了、牛羊吃了、镰刀割掉了,都没有人为你惋惜,也不会有人为你出头。如果你对所有人都太有用了,那么你就会被所有人争夺,在人有我无的状况下,你被人撕碎了都有可能。这两者之间有一个度,把握好这个度可不容易啊。小子,你有把握好这个度的能力吗?"

云琅咬着牙道:"我野惯了,受不得约束!"

长平拢拢垂下来的头发,依旧眯缝着眼睛看太阳,懒洋洋道:"自在?这可是大汉朝最昂贵的东西。本宫就这样看着你,看你如何能够在大汉朝活得自在!"

云琅笑道:"如果真的不自在了,我就带着老虎跟那只梅花鹿周游天下,用我一生的时间来踏遍这片土地,找一处真正的人间乐土,蹉跎一生也是人间乐事。"

"你就不觉得可惜了你一身的本领?"

"有什么可惜的?我会的东西都已经一股脑地给了大汉,不能再把自己的一生搭上。我终究是要为自己活一生的,不可能把全部都献给这个国家跟这里的人。"

长平听云琅说得平淡无奇,却知道越是说得平淡,最后这样做的可能性就越大。"你家的庄子不错,我还听说你家大半年就出产了一万七千束丝,不得不说,好本事。"

云琅摇头道:"我对桑蚕一窍不通,是家里的一个仆妇带着一群妇人弄出来的,我可不敢贪功。"

"我还听说,你家孵小鸡不用老母鸡?"

"胡乱试试,已经丢掉五六百个臭蛋了……"

"那就是快成功了!你不准备带我看看你家吗?"

云琅皱眉道:"难道您就不关心曹襄?他喝完药不长时间就喊着肚子痛。"

长平的脸色黯淡了下来,瞅着楼上道:"他已经痛了六年,该习惯了。"说完就朝云琅摆摆手,被胆小的丫鬟搀扶着进了主楼下的一间屋子。丫鬟们把门关上,很快就无声无息了。

云琅的屋子里恶臭熏天,一个男仆捂着鼻子提着一个净桶从屏风后面走出来。医者拦住男仆,他也不嫌恶臭,仔细观看净桶,看样子还有品尝一下的欲望,好在他最终没有这样做,就让仆役提走。仆役刚刚下楼,就将早就备好的生石灰投进净桶,一股奇怪的臭味再次弥漫开来。

曹襄汗津津地提着裤子从屏风后面走出来,趴在栏杆上朝楼下的云琅喊道:"这药不错,至少我从来没有这么痛快过!"云琅、霍去病、李敢一脸骇然地瞅着曹襄……"看我干什么?快把你家的麻将拿出来,趁着日头好,我们正好摸上八圈。"

云琅捂着鼻子瓮声瓮气道:"这座楼归你们母子了,你赶紧给我盖新楼。"

"急什么啊?我母亲昨晚就吩咐将作大匠了,正在往你家运送材料。一座木楼而已,十天就给你盖好,就是偌大的围墙需要时日。"

霍去病皱着眉头道:"我从未见过能散发出如此恶臭之人,你还是先去洗澡吧,那边就有温泉水。"

云琅摇头道:"他不能下温泉,只能在木桶里洗澡,而且,他的洗澡水需要重新烧开,倒进石灰才能丢弃。"

曹襄的脸色有些发青:"你的意思是虫子会从我身体里……从那里跑出来?"

李敢一脸的恶趣味,阴笑着道:"你说呢?"

曹襄惊恐地对仆役道:"给我准备热水,越热越好……"

霍去病见曹襄跑进了屋子,不满地对云琅道:"你吓唬他做什么?他已经在惊吓中度过了六个年头。"

云琅皱眉道:"谁吓唬他了?他的肚子里真的全是虫子,那些药的作用就是杀死虫子。他不但要用热水洗澡,还要用醋水浸泡,他的衣服也要每天用水煮,一点也马虎不得。"

第一〇八章 阿娇的家底

"病从口入"这句话可不是随便说说的。云琅觉得自己之所以能在那么恶劣的环境中平安长大，靠的就是"干净"这两个字。只要有条件，云琅是绝不吃生冷食物的。只要有水，他必定是要洗漱的，以至于云婆婆都叫他浣熊。他执着地认为，人只要把自己清洗干净，就基本上不会得什么大病；只要把食物弄熟了吃，就不会有什么太大的担忧，即便食物里有虫子也不怕。

长平家仆役的衣着要比云家仆役的衣着好得多，但是，论干净，长平家的仆役要先洗七八次澡之后才能比。傍晚的时候，忙碌一天的云家人收工回来，十几个厨娘正在做饭，在等待吃饭的工夫，云家的女人们就会端着属于自己的木盆去属于她们的热水沟里泡温泉。木盆里的东西很丰富，不但有洗头发的皂角，还有一些花里胡哨的小食物。小孩子跟着母亲，再大一点的男孩子就去了专门给他们挖的一个大水坑。每个孩子都知道云家的第一条家规：不洗澡，就没有食物。

自从上回云琅跟卓姬亲热之后，梁翁就专门找人在小楼的后面修建了一个带棚子的水池子，水依旧是活水，只是在这里拐了一个弯。云琅的水池子自然被长平给占用了，她专门去看了云家妇人是如何享受温泉的，之后便带着各色酒水糕点去了水池子。长平的随从足有一百五十人，加上云家的人，把水池子塞得满满当当。云琅只好带着老虎、霍去病、李敢、曹襄去半山腰处的天然水池。

温泉水里有硫黄，蚊子自然不敢过来，霍去病等人深一脚浅一脚地走了半个时辰才来到水池子边上。老虎扑通一声就跳进了水里，快活地划动着四条腿在水池子里转来转去。曹襄很羡慕云琅、霍去病跟李敢，他也想下来，被云琅严词拒绝，即便他真的要洗，也只能去下面的一个小沙坑。

一条生猪腿是老虎的食物，它老吃熟食不好，因此，云琅总是让老虎吃生食吃饱，再给它喂一点熟食，就当是打牙祭。

"我准备在这里修建一座庄园，你觉得如何？"曹襄给老虎喂了半只鸡之后，不知道触动了哪根神经，悠悠地对云琅道。

"可以啊，反正你家要一块地，陛下不会要价两千万的。"

曹襄笑道："陛下总以为我快要死了，所以对我比较宽容，这种小小的要求不会拒绝我的。"

霍去病哼了一声道："别选云家南边的那块地，那是我已经选好的地方。"

李敢也悠悠道："也别选去病家旁边的那块地，那是我选好的地方。"

曹襄笑道："没人愿意跟阿娇做邻居？北边的山景更好看啊。"

云琅愣了一下道："怎么说？"

曹襄笑道："你如果不想让陛下来骊山，就要想办法让阿娇长命百岁，所以啊，我去长门宫的另一边盖庄子去。"

云琅、霍去病、李敢齐齐地一人抓了一块点心把嘴堵住，然后把身子沉在水里，只露出一个脑袋，用力地嚼着点心。

曹襄蹲在岸边道："这法子真的很好，陛下自觉对阿娇有些亏欠，所以就不愿意见到阿娇，只要我们跟……"

霍去病还是忍不住张嘴道："跟陛下比起来，阿娇更恨我们，她之所以会倒霉，跟我们家脱离不了关系。你就好好地治病、养病好不好？别添乱！我知道你这些年病得五劳七伤的，惯会胡思乱想。既然你的病有望治好，就好好吃饭，好好吃药，好好活动一下身子骨，别的事就不劳你操心了。"

曹襄撇撇嘴，并不在乎，他回首瞅着山下的长门宫，越想越觉得自己的法子很可行……曹襄就任平阳侯的时候只有十一岁，现在也不过十五岁而已。父亲曹时去世得早，曹家便一直在长平的照拂之下平安地过活，即便曹襄病重，他平阳侯的位子也稳如泰山。如果说孟大、孟二纯粹是智力上出了毛病，那么，曹襄纯粹是被病痛折磨得痛不欲生。刚刚有了一点痊愈的希望，他就想着展示一下自己的能力。但在云琅看来，这还是病。

长平来了，太宰就搬回山上住了，他的模样可以骗得过别人，却很难骗得过长平这种跟宦官打了一辈子交道的人。

就在云琅专心给曹襄看病的时候，云家的第二季桑蚕终于要爬山了……对云琅来说，收获桑蚕丝带来的喜悦超越了他来到这个世界后收获的其他所有快乐。也只有那些头摇着"8"字吐丝的桑蚕，才让他感到这个世界是真实的，而不是虚幻的。

长平在目睹了云家如何收获桑蚕丝之后，就带着人离开了，毕竟，在长安城，在阳陵邑，还有无数的事情等着她去处理。"有什么难题就告诉我！"这是长平临走时说的一句话，也许是一句承诺。

霍去病、李敢跟着回了阳陵邑，羽林军军法森严，他们还不敢违背。

曹襄来了，云家就有豆腐吃了，也有了喝不完的豆浆。清晨吃上一碗甜甜的豆花，就成了全家人最大的享受。云琅喜欢吃咸豆花，更喜欢吃泼上红油的豆花，只可惜没有辣椒，还不如吃甜的。蔗糖珍贵得简直没有道理，好在有曹襄在，这一切都不是什么问题。

曹襄说他的精神好了许多，至少走路没有那么困难了，他肿胀的肚子正在以肉眼能看到的速度变平。没了肚子的曹襄，瘦得让人担忧。他真的从云家跑去了长门宫，在那里胡吃海塞了一顿又回来了，还是被那个人妖一样的董君亲自送回来的。

"我邀请阿娇明日打麻将！你多装一点钱，主要是金子，铜子什么的就不要拿出来丢人了。"一碗汤药喝下去，曹襄额头上的青筋就暴起。药汁进入了肠胃，给他的伤害很大，毕竟，马鞭草、紫苏都有一些毒性。

"你带着麻将去，哪怕把麻将送给阿娇也无所谓，我不能去啊。"云琅叹息了一声，继续看手里的竹简。

马鞭草、紫苏给曹襄带来的疼痛越来越轻，一炷香的工夫，他的身体就恢复了正常，看来，从明日起，他的药量要增加了。

"你也就这两年能去长门宫，我也一样，一旦你长到十五岁，而我的身体又恢复了，我们就不能去长门宫了。所以啊，把你的小心思收起来，我们现在去无碍的。云琅，我在生病的时候琢磨出一个道理！"

"什么道理？"

曹襄看着云琅，一字一顿道："耶耶发现，人生真短啊！"

云琅点点头道："我家婆婆去世的时候我也是这么想的，她苦了一辈子，我想让她过上好日子，结果……"

"你既然知道人生苦短，怎么还敢浪费自己的日子？整日里与农妇为伍，接触的不是桑蚕，就是庄稼，这样的日子你打算过到什么时候？从那天看到你真的不用老母鸡就把小鸡给孵出来了，我就知道你的本事很厉害！怎么样？先跟着我去找阿娇打麻将！"

云琅摇摇头道："不去！在你说明目的之前，我一定不会去！"

曹襄笑道："现在的人一个个鬼精鬼精的，不太好骗了。好吧，我说——我想要长门宫卫！"

"长门宫卫？什么意思？长门宫就在我家边上，他们家的护卫并不多，你要他们做什么？"

曹襄瞅着云琅，叹口气道："长门宫卫共有五百，阿娇成为皇后的那一天，陛下亲自赐予阿娇的。这些人不论生死都是阿娇的护卫，五百人全都盟誓用生命护卫阿娇……"

第一〇九章 无所谓的世界

"呃……你为什么这么看着我?"曹襄觉得云琅的眼神不对。

"没什么,就是觉得你有些无耻!"

"无耻?为什么?"

"因为你打算拿走一个被丈夫抛弃的女人身上最后一件衣衫。"

"阿娇可怜?你是这么认为的?"

"被自己丈夫抛弃还不可怜吗?"

"那要看抛弃她的男人是谁了。"云琅忽然明白,长平的儿子怎么可能是一个白痴?他根本就是一个政治动物,这种本事甚至是天生的。"有资格可怜阿娇的人不多,这中间绝对不会有你我。就像那只被你家老虎抛弃的母老虎,它即便大着肚子依旧是老虎。你觉得阿娇可怜,难道就不觉得那些长门宫卫更加可怜吗?本来可以在战场上博取战功的好汉,现在只能操持贱业,沦落到替赌场、青楼看守门户的地步。阿娇虽然失势,钱财却是不缺的,这些年,阿娇可曾管过他们的死活?说起来,他们才是可怜人。另外,你知道阿娇被废后的时候死了多少人吗？死了三百三十三人！这是当年阿娇母亲给她陪嫁的人手，一个都没有活下来。长门宫卫既然已经被陛下赐给了阿娇，就再没有收回去的道理，你说说，那些汉子亏不亏？"

云琅站起身，拍拍手道："你要接近阿娇，那是你的事情，我不打算参与。弄到长门宫卫是你的本事，弄不到是你能力不成，总之，不关我的事。"

曹襄无奈地大叫道："你还真是胸无大志啊！"

云琅只是笑笑，并不理睬，他今天要做的事情很多，其中并没有帮曹襄谋人产业、人手这一件。他知道曹襄想要带着他玩一些高端的东西，可是，他不喜欢！见曹襄怏怏地走了，云琅觉得自己的选择没有错。少年人的心就像天上的云彩一样阴晴不定，或许，好好地睡一觉，曹襄就会找到更加好玩的事情，忘记阿娇手里的长门宫卫。如果云琅没有猜错的话，那应该是一个陷阱。

云家的十六个护卫，被长平吓唬走了两个，剩下的十四个也不能保证是忠心的。在这之前，云琅甚至不认识他们，对他们没有任何的恩义，奢求人家一见面就纳头下拜，这非常不现实。

长平走后，云琅再一次见了自家的护卫。十四个高矮不一的老头，有的强壮，有的瘦弱，有的还强忍着不咳嗽。最强壮的一个老汉上前一步，拱手道："启禀司马，老汉等人虽然老弱，却依旧有擒虎射熊之力，只要是司马交代下来的事情，卑职一定竭力做到。"云琅心中暗暗叹息，这些人看了云家的模样，应该没有什么长留的决心。如果真有这样的心思，这一回，云琅见到的应该是十四个年轻壮汉，而不是十四个糟老头子，他们家里都有年轻的晚辈可以接替他们的差事，现在站在这里的依旧是他们十四个，已经很能说明问题了。

云琅是一个很会取舍的人，既然得不到更好的，眼前这些人的用处也需要发挥到最大。既然他们抱着混日子的态度来到了云家，而薪俸又不用云家出，云琅自然也只能安排他们做一些力所能及的工作。跟他们摆家主的架子是可笑的，打成一片才是正确的态度。他嘻嘻哈哈地告诉了那个领头老汉云家的要求，然后就由老汉安排其他人的工作，自己在一边笑眯眯地听着。最后，见老汉有些谄媚地瞅着自己，云琅就笑着把管理这些老汉的任务交给了他，每个月有一千个钱的额外收入。非常完美……云家多了十四个在庄子外面巡逻的人，十四个老汉有了在云家居住的权利，这是互惠的。至于名册，云琅记录得很详细，明明写了一式两份，他却没有记住十四个人中任何一人的名字。他相信，过了今年冬天，这些人就会找各种理由离开云家……最后，云家依旧没有护卫！

曹襄听说云琅这样处置护卫的事情之后，再一次告诫云琅，这不是一个做好家主的方式。其实，他不知道的是，除了太宰与老虎，以及眼前高大的始皇陵，云琅不在乎其他任何人跟任何东西。庄园里的妇孺，庄园里出产的丝，跑的鸡、鹅，猪圈里的猪，以及草地上的牛、羊，都不过是始皇陵的遮蔽物。他想让世人熟悉他的存在，顺便也让世人明白，云家庄园后面的那座土山，不过是一座土山而已。

曹襄的医者早就接替了给曹襄治病的工作，采药、煎药，都是他一手包办的。曹襄拿着麻将跟阿娇大战了一场之后，就告辞回家了，医者告诉曹襄，他家里的环境更适合养病。

曹襄走了，喜欢鸡、鹅的孟大、孟二却留下来了。这两个傻孩子每天的活动半径就是鸡、鹅的活动半径，跟那些四五岁的孩子在一起，他们很开心。

六月十五日，丙午月，癸酉日，宜祭祀，沐浴，整理手足，修理围墙……是一个很好的日子。云家的围墙正在修筑，云家的高楼正在拔地而起。云琅很认真地洗了澡，剪掉了手脚上长长的指甲，穿上最干净的一套麻衣，牵着一头长了一年的牛犊上了骊山。

石头屋子依旧在，太宰就站在门前等待云琅。老虎也似乎非常开心，在两个大石头上来回地纵越。牛犊子见到老虎，哞哞地叫着不断后退。太宰的眉头皱一下，抬手一刀深深地刺进了这头小牛的胸膛，刀子抽出来的时候，一股血飙出来，染红了地面。太宰闪身躲过，接着一刀砍在了牛脖子上，他手里的战刀很沉，一刀就砍下了牛头。他劈手接住牛头，看着云琅道："白玉呢?"云琅从包袱里取出六面白玉牌交给了太宰。太宰从死去的牛脖子上接了一点牛血，拿毛笔往白玉牌上涂抹。白玉牌的质量很好，牛血刚刚落在白玉牌上就凝结成血滴滚落下来。太宰并不理会，毛笔依旧在白玉牌上飞舞，看得出来，他写的是金文。

云琅提着牛头进了石屋，屋子里纤尘不染，一张黑色的供桌摆在屋子最中央，两座沉重的仙鹤模样的青铜灯闪烁着两朵黄色的火焰。一个硕大的猪头摆在左边，一只羊头摆在右边，中间的一个青铜盘子空着，云琅把牛头端端正正地摆在中间。三牲的下面，就是云家出产的八种糕点，油饼也算一种，摆得高高的，非常丰盛。太宰用盘子将六个白玉牌端了上来，恭敬地放在三牲的上面。

三支用艾草鞣制的香插在一个三足鼎里，太宰点燃三炷香之后，念叨了一段冗长的废话，笑着对云琅道："现在后悔还来得及!"

云琅点点头道："后悔了!"

太宰笑眯眯地指着香火道："晚了，香火有灵，送我吉言上九霄，始皇帝已经认可了。"

云琅顺着太宰的手指看过去，只见三支用艾草鞣制的粗香冒出来的袅袅青烟，居然呈线状没入了石壁。"这上面有一间屋子?"云琅当然不会认为这是神迹，青烟钻进石壁，只能说明石壁后面有空间，而且还是直接通到房顶上，形成了一个烟囱样的东西，才能让烟柱这样诡异。

太宰笑呵呵地跳起来，抓住一块石头，借身体下落的力量拉了一下，一块石板轰隆一声掉了下来。准确地说石板只掉下来一半，另外一半挂在房顶上并没有下来。太宰进了房顶，云琅翻着白眼在底下等。在这间屋子里居住了这么长时间，自己居然不知道屋子里还有一个暗室。不过，从石屋的大小来看，那间暗室应该没有多大，两个人挤进去恐怕连站立的地方都没有。

第一一○章 秦始皇的放射源

　　始皇帝是一个小心眼的皇帝，太宰其实也是一个小心眼的太宰。他就像是一个快要病死的老爷爷，在临死的时候得意地把自己仅存的一点珍藏品——展示给后辈看，带着些许狡黠，也带着一丝丝遗憾。夜明珠这种东西云琅确定是第一次见到……这东西居然能发出白蒙蒙的光，只需要一颗，就能照亮方圆一丈之地……它被装在一个沉重的青铜盒子里，太宰仅仅打开一条缝隙，白色的光芒就照得云琅差点睁不开眼睛。

　　"烛龙之眼，举世独此一颗！"

　　"废话！传说中烛龙就一只眼睛好不好？它睁开眼睛的时候是白天，闭上眼睛的时候是黑夜。问题是，烛龙之眼在这里，天上那颗明晃晃的东西算什么？"云琅有些傻，总觉得哪里不对劲。

　　"无礼！"太宰羞怒地合上盖子，手放在盖子上，颇有一些睥睨四方的样子。也是，不论是谁手握一件稀世珍宝，都会有这种神情的。

　　云琅以前见过一些夜明珠，大多是含有稀土元素的矿石，其中以萤石原矿最多。一般来说，自己会发光的石头多多少少都含有些放射性元素，别的夜明珠最多在黑夜里发出一些微弱的荧光，这一颗比较特别，在黑夜里能当灯泡用……这块石头的辐射强度该有多高才能发出这么亮的光？这颗矿石的分子活跃到了什么程度才会历经上百年依旧分裂不衰？云琅以前听说过，有一个科学家用手把两块足以制造微型核爆的矿石生生地分开了，然后嘛，就没有听说那个科学家的消息了，估计，已经死了很多年。现在，他终于见到了一位活着的……

云琅刚才看得很清楚，青铜盒子里覆盖着一层厚厚的铅，这说明给太宰这颗夜明珠的人很清楚这东西不是什么良善之物。一刹那，云琅就想通了几乎所有的事情。他膝盖发软，用最后一丝理智控制着双腿向外走去，这一刻，他只想离这间石头屋子越远越好，如果可能，他一辈子都不想来这地方了……

"只有每代的太宰才能持有这颗夜明珠，一旦始皇帝复活，这颗夜明珠就会成为太宰一族的酬劳！你不用避嫌，现在，这颗夜明珠该给你了。"太宰慈眉善目地捧着青铜盒子，对跑出石屋子的云琅道。云琅很想告诉太宰，这东西是别人用来害死太宰一族的重要工具，可能这就是始皇帝对付太宰一族的撒手锏。

"这是大秦皇宫浩如烟海的珍宝中最珍贵的一件……当年，始皇帝亲手将这颗宝石给了我家第二代太宰，并言：'此为朕之心肝，今托付卿家，朕若有命复生，此物当为卿家之酬劳，并裂土封侯；如若朕无复生之望……卿家自去吧！'云琅，我太宰一族之所以能在始皇陵枯守九十载，就是因为有这颗神物不断地给我们信心。最珍贵的宝物就在我们的手里，始皇陵里面的其余珍宝加起来也未必有这颗烛龙之眼珍贵。现在，你看到了这颗神物，还怀疑始皇帝会伤害我们吗？云琅，始皇帝的大气魄如何？最后关头能下重注，敢把最珍贵的东西托付于人，敢相信我太宰一族的忠贞。始皇帝以国士待我，太宰一族必以性命报答，千古之下必成美谈！现在，我以第四代太宰之名，将这枚夜明珠托付于你——第五代太宰。太宰一族筚路蓝缕，玉汝于成，薪火相传至今，终于传承到了第五代，你可知我此时心中是何等欢喜吗？你是我太宰一族中最具有大智慧的太宰，更是我太宰一族中最具机变之能的太宰。昔日的太宰，人曰忠厚；今日之太宰，人曰智慧；从今往后，人言太宰曰忠厚、智慧！我望你继承我太宰之忠厚门风，弘扬我太宰智慧之名，无论如何都要将这座始皇陵继续保护下去。这座陵墓里掩埋的不仅仅是始皇帝的遗蜕，还有我太宰一族的先人，更是我太宰一族忠贞不贰的见证！云琅，接过这颗珍宝，从此，你就是这座陵墓的守护人，也是太宰一族的首领！"

云琅觉得自己的皮肤正在溃烂，自己的眼睛正在发炎，他甚至觉得自己的头发、指甲正在不断地掉落……他觉得自己快要死了……尤其是太宰以极其庄严的态度将青铜盒子放进他怀里的时候，云琅觉得自己正处在核爆的正中心，身体如同消融的雪人……

"呵呵，拿好了，我第一次见到这东西的时候，比你还要狼狈，两天之后才恢复了说话的能力。呵呵，现在它属于你了，好好地藏起来，别让其他任何人知道，甚至也别让我知道。想要欣赏这绝世珍宝的时候，一定要记得独自一人观看，即便是父母妻儿也不可共享，只有你选定的下一代继承人才能与你一起欣赏这人间瑰宝。好好地休息，好好地欣赏。明日，我们一起进入始皇陵，拜谒陛下，希望陛下会喜欢你这个新太宰！"太宰说完，就把自己脑袋上那顶破旧的纱帽戴在云琅的头上，还细心地帮他系好带子。太宰搬正了云琅软塌塌的脖子，好好地欣赏了一下云琅戴乌纱冠的样子，亲昵地在云琅的鼻子上点一下，笑道："乌纱冠戴在你头上才好看，戴在我头上糟蹋了。"

云琅软软地靠在石屋子的门槛上，绝望地看着太宰跟老虎一前一后地离开了石屋子。他想要大声地呼唤，嗓子眼里却像是堵了一团棉花一般，一个字都吐不出来。一阵山风吹来，云琅不由得打了一个寒战，因为突如其来的惊骇导致失去控制的身体，恢复正常了。他小心地将青铜盒子放在地上，然后找来一把锄头，用尽平生之力掀开了一块石板，在石板的下面疯狂地挖掘……

云琅干了整整一天，一个近两米深的小坑出现了。云琅毫不犹豫地将那个青铜盒子丢进坑底，然后点燃了小小的铁匠炉子，把屋子里的两座锡制烛台丢进坩埚里，直到将烛台完全熔化，才端起坩埚，一股脑地浇在青铜盒子上……这个工作他进行了三次，直到青铜盒子彻底地被铅锡包裹成一个铅锡疙瘩才罢休，最后他将这个坑重新填好，铺上石板。

就在刚才，云琅重新温习了一遍今日发生的事情。首先，始皇帝为了诱惑太宰一族，拿出了一个天然放射源，这东西不但美丽，而且独一无二，并且可以杀人于无形。始皇帝知道这东西的危险性，知道这东西虽然美丽，却是世上最恶毒的东西，可以在不是很长的时间里让一个人慢慢地衰老，然后死去——三十七岁的太宰练武不辍，身体却如同七十三岁的模样，就很说明问题。说什么接触死人多了被尸毒感染才变成了虎外婆的模样，其实根本就是常年受到辐射造成的。同理，也能推断出一个事实，那就是这种放射源的威力并没有云琅想的那么大。它对人的伤害是一个缓慢的、叠加的过程，毕竟，在这个时代，想要合成恒定的放射源是一件不可能的事情！太宰每一次独自欣赏宝物的过程，其实就是一次被辐射伤害的过程，他接手这个辐射源已经十五个年头了……云琅将一只手塞进嘴里用力地咬着，他觉得自己很幸运，在一个强烈的辐射源底下睡了那么多天，居然还活着，这实在是太不容易了。

第一一一章 云琅的愤怒

阴谋下的幸福，让太宰四代人幸福了很久。一百年里他们前仆后继地为始皇帝伟大的信任献出了生命，不论遭遇多么不公正的事情，都无怨无悔。云琅的眼泪不争气地流淌了下来，不是为自己死里逃生感到后怕，而是觉得这个世界对太宰他们太残忍了。

"怎么，舍不得把宝贝藏起来？"太宰靠在石屋的门框上，手里拿着一根烤得油黄的鸡腿，喜滋滋地笑话云琅。

云琅不好意思地抹掉眼泪道："这需要大毅力！"

太宰把鸡腿递给云琅道："吃点东西。你能这么快就醒过来，已经出乎我的预料了。第三代太宰不眠不休地看了这东西三天三夜，结果硬是把自己看得骨渣神离，还没进始皇陵听封就死了，没办法，只好便宜了我耶耶，他成了第三代太宰。嘻嘻，小子，你看见那东西上面转圜的七彩霞光了没有？是不是看得久了，就有一种魂魄与身体分离的感觉？"

云琅笑道："其实那些霞光不是在变幻，更像是在翻涌，就像喷涌的泉水、燃烧的火焰，美不胜收！"

太宰坐在云琅身边道："是极，是极，就是这种样子，真是太美了，太美了……"太宰用肩膀碰碰云琅，又道，"这些年来，我多么想跟人分享我看到了什么，我到底拥有一件什么样的珍宝……我想让所有人都羡慕我，让所有人都嫉妒我……在无数个难眠的夜晚，我都在幻想这件珍宝落在世人手中是个什么模样。哈，天下会乱的！"

云琅一手搂着太宰瘦削的肩膀道："你现在可以对我说了，我知道你说的每一个字都是真的，对瑰宝的每一个形容都是不合适的，不管你用多么优美的文字跟话语，也无法形容它的美丽之万一！"

太宰容光焕发得厉害，枯黄的脸上似乎蒙上了一层蜡，在夕阳中熠熠生辉。"对啊，对啊，现在可以回答你之前的问题了。云琅，你还觉得我枯守始皇陵这些年吃亏了吗？哈哈哈，有谁知道我的幸福、我的快乐？如此珍宝自然要独自一人欣赏……要不，你再拿出来一次，我们一起欣赏一下？"太宰的眼睛变得很亮。

"不可能！"云琅回答得斩钉截铁，"现在宝贝是我的，你多看一次，我就吃亏一次，不行！"

太宰张大了嘴巴，有些失望，遗憾地瞅瞅石屋子，又抬头瞅瞅房顶上的那个洞，叹息一声道："你是对的，我不该这么贪心。"

云琅握住太宰冰凉的手道："如果你死了，我会把那东西当成你的陪葬，让它永远跟你在一起。"

太宰闻言一下子跳了起来，结结巴巴道："你……我……你……我死，你真的会？"

云琅笑着点头道："一定，你的幸福将不会有边际！"

太宰偷偷看云琅一眼，局促地搓着手道："这不合适！"

云琅笑道："合适，最合适不过了。我见过珍宝了，看一次就足够了，再多看几次，可能就会沉迷在里面，重复你走过的路我不干，我的未来应该更加灿烂。你死后，我会把你的尸体放进始皇陵，然后落下断龙石，让你跟你最尊敬的始皇帝、最亲厚的同伴、最亲的亲人、最爱的珍宝永远永远在一起。"

太宰的眼眶里蓄满了泪水，他艰难地扭过头道："快去睡吧，明日我们就要拜谒始皇帝，我希望你能用最好的状态去见始皇帝！"

云琅确实感到很疲惫，点点头就爬上自己的大床，任由太宰帮他盖上毯子。他将身体缩成了一团，如同在母体中的模样，身体抖得如同筛糠，将手指咬在嘴里，才能让自己不号哭出声，眼泪溪水一般地流淌，湿了木床，有一些甚至顺着木板的缝隙流淌到了地上……始皇帝的行为，是对"忠贞"这两个字最大的羞辱！

天亮的时候，云琅自然就醒了，昨夜哭得有些多，眼泪流得也有些多，有些轻微脱水。

太宰熬了一锅浓稠的小米粥，云琅一人就喝了整整一锅，肚子撑得滚圆。太宰见云琅喜欢喝粥，就吃了一些饼子，笑话云琅的心绪不平静，昨夜磨牙的声音把老虎都吓得不敢在屋子里睡觉了。昨日面对始皇帝的灵位，云琅还能很自然地跪拜下去，今日，他只是朝灵位笑笑，待太宰收拾好了灵位，就打算离开。跪在前面恭敬磕头的太宰并没有发现云琅这一不恭敬的举动，自己背上了牛头，让云琅背上猪头、羊头，就迎着朝阳离开了石屋子。

太宰的身体明显变得更虚弱了，云琅初见他的时候，即便是彪悍的豹子见到他也会狼狈逃窜，现在，背着牛头走一段山路，他就显得非常吃力。"我的鼻子最近总是流血，有时候不流淌半个时辰不会停止，身体也不是很好，膝盖就像是生锈了一般，挪动一步都很艰难，总要用温泉水浸泡之后才能好一些。云琅，你说，我是不是快要死了？"

云琅将猪头、羊头绑在一起挂在老虎背上，取过太宰身上的牛头背到自己身上道:"我只希望你今后每一天都快活。"

太宰笑道:"哈哈哈,我昨天跟今天都过得非常快活。"

云琅笑道:"要继续保持!"

太宰拨开一根挡路的树枝道:"借你一句话,这是一定的!"

两人一虎沿着山路很快就下到了瀑布边上,云琅轻松地攀上岩壁,找到了那块石头,用力地一拉,山门立刻洞开。关上山门,巨大的陵卫所就被铁链上缠绕的灯芯照耀得如同白昼。太宰今日一连拉动了三条铁链,三条铁链上的灯芯很快就形成了三条火焰瀑布,这是往日所没有的奇景。

"你以后有钱了,就多购买一些鲸油添加进来,总是这样耗费,大鼎里的鲸油支撑不了多长时间。"

云琅来到十几具泥人面前道:"这是你的手笔?"

太宰笑道:"是的,就是手法不好,老甘、老梅总是说我不是干这一行的料。以后要靠你了。"

"这是一定的!"云琅无所谓地回答道,现在看来,用老甘、老梅两个会塑像的野人来激发太宰的生机是一桩无用功,"我以后啊,会雕刻一个模子,先把骸骨放在模子里面,然后往里面灌上泥浆,等泥浆干了就打开模子,自然就有一个不错的塑像了。放心吧,不太难。"

太宰认真地看着云琅道:"这法子真好,我怎么就没有想到?等你有闲暇时间了,就抓紧做吧。"

云琅点点头,带着老虎沿着石阶向上走。云琅每走一步,太宰就挥动木槌,敲击台阶上一根凸起的小石柱,然后,云琅就看到脚下的石头台阶在缓慢地移动,将他送到了半空,脚下就是一道幽深的沟壑。

此时,牛头、猪头、羊头全部在云琅的背上,老虎打死都不肯踏上悬在半空里的台阶。虽然不知道太宰为什么一定要他背上三牲,云琅还是乖巧地没有发问,他相信太宰不会害他。有些台阶伸出去很长,有的伸出去却很短，有高处的台阶滑落下来降到低处，又有低处的台阶上浮，最终，站在第一级台阶上的云琅面前就出现了一条螺旋状的楼梯。楼梯很高，一直延伸到沟壑的另一边。在台阶的尽头，有一面光滑如镜的青灰色石壁！

第一一二章 王莽

在太宰无比欢喜的目光中，云琅登上了阶梯，最终来到了那面石壁前。他抬起手，屈起指，就像去别人家拜访一般，轻轻地在石壁上叩了几下。太宰在下面笑道："石壁很厚，里面的人听不见。这里是你的家，进去吧，主人家不用征得别人同意。"

云琅瞅着太宰道："你不上来一起进去吗？"

太宰笑道："这是你的大日子，我等一会。"

云琅笑道："上来吧，你不指路我没法走。"

太宰轻声道："进去吧，只有一条路，每走一步都会有灯火为你引路。"

云琅站在那里不动身，太宰叹息一声，走上了阶梯，来到云琅面前道，"始皇帝的大臣上殿，从无陪侍，你呀……"

"我来这里只是为了你，不是为了里面的始皇帝，这一点你该知道。你永远都是始皇帝的太宰，而我最终的目的是要放下断龙石，始皇帝可能不愿意见我。"

太宰按着云琅的手将印信塞进了凹槽，用力地扭动之后，就对云琅道："开了门，就要把牛头、猪头、羊头丢给神龙，不要犹豫。"

"神龙？！"云琅的眼睛瞪得有鸭蛋大，"你可没说里面有这种东西啊！要不我们不进去了，一听这两个字我就知道不是什么善类。"

太宰拍了云琅的后脑勺一下，怒道："就是一条大蛇，蟒蛇！"

"蟒蛇我也怕，能吞下牛头、猪头的蟒蛇弄死我没有什么问题！"

"滚！蟒蛇是皇陵里面必须有的东西，要不然里面海量的老鼠怎么处理？"

"老鼠？海量？"云琅的声音有些尖厉。

"是啊，陵墓里面怎么可能会没有老鼠？小心脚下，门马上就开了，老鼠会跑出来的……"

云琅闻言，第一时间把太宰推到最前面，咬着牙道："我有多怕老鼠你难道不知吗？"

太宰无奈地立在最前面。耳听得石壁咔嚓响了一下，缓缓地向一边滑开了。云琅皱着眉头，他听见里面好像有什么东西断裂了。太宰却神色如常，继续对云琅道："只要听见这种声音，就说明机栝的效用犹在，你进去之后，还要给滑道加油。"嘴上说着话，脚下却丝毫不乱，左右扫两下，就有十几只老鼠被他从台阶上扫下去了。云琅耳听得那些老鼠吱吱叫着跌进了深渊。

云琅咽了一口口水，小心地从太宰肩膀后面瞅那道已经打开的两尺宽的裂隙。一股风从里面吹出来，非常阴冷。太宰拖着云琅向里面跨了一步，一溜火光顿时从眼前一直延伸到了最深处。火光的下面是一道天生桥。云琅仔细看了之后才发现，这根本就不是什么天生桥，而是一条倚靠悬崖修建的栈道，整个栈道是黑色的，中间竖着一道墙，墙上满是彩绘图案，在半明半暗的火光下，看不见另外半边，给人一种桥梁凌空生成的奇异感觉。

太宰眼看着云琅吃力地从桥梁上卸下来两座青铜灯座，放在大门处，防止大门突然合上，不由得摇头道："你不走，大门不会关上。"

云琅喘着粗气道："以防万一！"

太宰眼看云琅又从背包里拿出一盘白色的绳子往灯柱上捆绑，拍着前额道："你又在干什么？"

云琅快速地绑好绳子，对太宰道："全蚕丝的，为了这盘绳子我用了十一束丝。万一这条栈道断了怎么办？我至少还有一根绳子。"

"你信不过我？"

"信得过。我不信始皇帝！"

太宰一把捂住云琅的嘴巴轻声道："慎言！"

云琅的眼睛瞪得很大，比见到老鼠的时候瞪得更大，无他，一条足足有他家饭碗碗口粗的蟒蛇正从栈道的另一头，快速地蹿过来。太宰见云琅安静了，这才松开手，刚刚松开，就听云琅用颤抖的声音道："蛇，好大的蛇！"

太宰哼了一声，取过云琅肩头的牛头就甩了出去，原本冲着太宰、云琅蹿过来的那条蛇，立刻就冲着滚动的牛头蹿过去了。"神龙吞掉牛头需要半个时辰的时间，然后就会躲起来睡觉，这段时间它不会来骚扰我们。"

云琅晃动一下背后的猪头、羊头，颤声问道："神龙不止一条是不是？"

太宰点头道："这是自然，当初选择神龙的时候，就是一条大的、一条中等的、一条小的，大的死掉了，中等的就会接替它继续清除老鼠，中等的死掉了，小的就会接替。"

黑暗中传来蟒蛇窸窸窣窣吞咽牛头的动静，云琅不由自主地朝那边看了一眼，小心地问道："这东西会死？"

太宰一步踏上栈道，郁闷道："最多活八十年，这还是在没有天敌的情况下。这里阴冷，不适合神龙活动。南边有一眼温泉，老鼠多，神龙一般在那里活动，只有大门被打开的时候，老鼠才会向这里逃跑，神龙也会追过来，除此之外，它们一般不会乱跑的。你记住了啊，刚才那条神龙已经活了快五十年，看样子离死不远了，等它死后，你要是没有放下断龙石，一定要记得再捉一条小蟒蛇放进来替换它。不要母蛇，只能是公蛇，要不然啊，用不了几年，这里就会变成蛇窝。"

云琅一边跟着太宰向里面走，一边道："我放断龙石之前一定会往里面丢三条母蛇，让这里变成蛇窝最好。死去的就该死去，活着的就该奋斗，总是挖祖坟捞好处算什么好汉！"说着话，两人已经通过了栈道。

太宰对云琅继续绑缚绳子的行为已经很无奈了，指着前面黑漆漆的甬道说："这里是陵道，两边都是各色塑像、石雕，陵道两边的石壁上雕凿的是始皇帝的生平功业，你可以仔细看看。"

云琅感受着甬道里吹来的风，发现自己的衣袂被风吹得猎猎作响，瞅着太宰道："哪来的风？难道说对面还有一个进风口？"

太宰摇头道："这扇山门打开之后，这座陵墓里的其余六条甬道就会同时打开一条缝隙，一炷香的工夫，就会把这里面的浊气全部换掉，等你关上那扇门的时候，其余的甬道也会同时关闭。"

"外人从那些门里进来了怎么办？"云琅又看见了一条蟒蛇，果然如同太宰所言，这条蟒蛇小一些，也不用太宰发话，他就把猪头丢了过去。

太宰见蟒蛇开始吃猪头，就笑道："进不来的！"

甬道里面的风很大，不过，这里面的大型牛皮灯笼却把甬道照耀得明晃晃的。石壁上的壁画被灯火照耀得纤毫毕露，一幕幕熟悉的历史画卷被工匠生动地表现在了石壁上。从始皇帝出生，到登基、与吕不韦斗争，再到灭掉六国，一统天下，每一幅图案上都有一个不同时期的始皇帝。如果云琅不知道始皇帝的生平，仅仅看这些浮雕，始皇帝的伟大功绩一定会让他臣服膜拜，让他深感这个世界是属于始皇帝的。而现在，在云琅看来这些不过是一幅幅的精美浮雕而已。太宰自然是赞叹不绝的……包括始皇帝跨坐在一只老鹰的背上从赵地回到咸阳的浮雕。

浮雕的尽头，有一个金甲武士手拄长剑端正地站在那里，时光剥夺了金甲的光彩，金甲的颜色非常黯淡，唯有金甲武士脸面上还留存了一些颜色鲜亮的金漆。

"这是王翦！"太宰见云琅长时间地观看那个金甲武士，就低声介绍。

第一一三章 伟大的演奏家

"城里睡着一位伟大的皇帝！"太宰自从进了始皇陵，就如同一个幽灵，完美地融进了这座黑暗、幽静、死寂的城市。他的声音中带着丝丝伤感，喑哑却有力。

地上的夔龙纹地砖上满是灰尘，走一步，就多一个脚印。城门前面有一片光滑的石板平台，一座巨鼎竖立在上面，巨鼎的脚下堆满了著名的秦半两钱。太宰掏出一把秦半两钱丢在巨鼎下面，然后才带着云琅向城门走去。"臣下章台太宰顾允进城！"太宰突然报名，这让云琅非常惊讶，太宰却跪倒在尘埃里，手里捧着一枚发黄的象牙笏板拜伏于地，礼仪严谨得如同教科书一般。云琅瞅瞅地上的灰尘，微微地弯了一下膝盖就算是行礼了，毕竟地上的灰尘实在是太多了。原以为太宰跪拜之后大门会打开，结果，两座巨大的金人寂静无声，巨大的门也没有松动的迹象。太宰跪拜完毕之后，带着云琅从一个水桶粗细的洞里钻了进去。

"这不会是狗洞吧？"云琅爬了一会后忍不住问太宰。

"不是狗洞，是神龙进出的口子！"

"蛇洞跟狗洞区别很大吗？"

"只有这一条路！"

"始皇帝要是复活了，也爬狗洞？"

正在前面爬行的太宰愣了一下，黑暗中也看不见他的表情，只听见他郁闷的声音从前面传来："你就不能对始皇帝抱有哪怕一点点的恭敬之心吗？"

"我这人有多现实你又不是不知道，想要我对一个死去的人保持恭敬很难，除非他依旧有威胁我生命的手段，否则，没可能的。"

"我死了之后你不会把我丢到山里喂狼吧？"

"不会，你即便死了，我还是会怀念你，说不定没事干的时候会把你挖出来看看，怎么可能会随便丢掉？"

太宰哼了一声，继续向前爬。云琅也不知道自己到底爬了多长时间，在黑暗幽闭的环境里，很难掌握时间。在膝盖疼痛到令他难以忍受的时候，身边的岩石似乎不见了，云琅在黑暗中左右摸摸，什么都摸不到，这才知道自己已经进了城！

一点火星出现在不远处，太宰鼓着嘴巴用力地吹火折子，暗红色的火星顿时就变成了一团明亮的火焰。"别乱动！"太宰见云琅在左顾右盼，连忙出声提醒。云琅定住了身体，他可不觉得太宰是在吓唬他，既然这么说了，这里一定有危险。

太宰将火折子靠近了一条铁链子，一团火光沿着铁链子攀缘而上，很快就来到了屋顶，而后燃起一团更大的火焰，随即这团火焰一分为六，继续向其余地方攀缘。六团更大的火焰，突兀地亮起。总共七团火焰，如同太阳一般照亮了黑漆漆的洞窟。也不知道是什么东西燃烧发出这些火焰，火焰不但明亮，而且稳定，火光照耀在白玉镶嵌的圆盘上再反射到地面，亮堂堂的。

云琅觉得眼花缭乱，转过头，才发现他的身边全是一些巨大的刺球，这些刺球的直径足足有一米，探出来的长刺更是有一尺长，即便是已经布满了绿色的铜锈，这东西杀人的威力丝毫未减。铜刺球被一道细细的锁链拖在一道斜坡上，也就是云琅站立的地方，他很担心锁链会断，那样的话，他会被几吨重的铜刺球碾成肉泥。一个手持巨斧的壮汉做怒目状，手里的巨斧似乎正要砍下来。

弄清楚了所处环境之后，云琅大叫一声，就快速地拖着太宰爬上了斜坡。或许是他的声音太大，惊动了那个手持巨斧的壮汉，巨斧从壮汉手中跌落，轰隆一声，砍在细细的锁链上，锁链一触即断，巨大的铜刺球轰隆隆地从云琅身边滚落，紧接着又是一颗……太宰大喊大叫着把云琅丢到一块黑色石板区域，自己也滚动着来到这里，一把按住准备起身的云琅，云琅赶紧顺从地趴在地上。嗡的一声响，一排粗大的弩枪从他们的头顶飞掠而过，轰地钉在对面的石壁上，弩枪切断了一道道细细的锁链，于是就有无数的铜刺球向云琅、太宰滚落过来。云琅惨叫一声想要跑，却被太宰死死地按在地上。十几个铜刺球在这个微微有些凹陷的区域里来回滚动，碰撞，而后再滚动。铜刺球看似在无序地滚动，却几乎没有放过一寸土地，齐齐地碾压了一遍，除了云琅、太宰趴着的这片黑色区域。铜刺球的动力终于释放干净了，十二个铜刺球最后落在地面最低处，重重地撞在一起，再无声息。

云琅想要爬起来，却怎么也动不了，身体似乎被地面吸住了。太宰无奈地帮云琅卸掉他身上那些乱七八糟的东西，他才从地上一跃而起。

"这里是卸甲地，你带着这么多的铁器进来，差点害死我们。"

云琅费力地从地上拿起自己的匕首道："一块磁石罢了，说什么卸甲地。"

太宰哼了一声道："自从当年的秦王差点被荆轲刺杀得手，宫中就多了这么一个地方，只要你身上有铁器，就会被这里的武士乱刀砍死。"

云琅扭扭脖子不屑道："青铜剑这东西就探查不出来，始皇帝在的时候铁器还没有大规模运用，这东西的用处其实没有你想的那么大。"

太宰怒道："别人不知道啊，他们见铁器被磁石吸住，就以为这东西能吸住所有金铁。你以为谁都像你这么聪明？"

"刚才那些铜刺球、弩枪是怎么回事啊？要不是你拉我，我已经被碾成肉泥了。"

"这就是帝王之威！"

"看来帝王之威就是只考虑帝王自己的安危，不顾别人的死活，是吧？"

"帝王的安危关系到社稷！"

"可他已经死了！"

"死了也是帝王！"太宰不愿意跟云琅讨论这个在他看来显而易见的问题，抬头瞅瞅天上正在发光的七团火焰，双手抱着那个破旧的笏板，一步一停地沿着甬道向城池里走去。

内城跟外城差别很大，充分地体现了地位上的差异。这里的亭台楼阁很多，哪怕是用绢布制作出来的花树，也比外面的假花、假树逼真得多。密集的花树中露出一角屋檐，屋檐上的青砖青瓦看起来灰扑扑的，没有多好看，却显得古拙。一个红衣女子正在弹琴，前面坐着很多戴乌纱帽的官员，一个个做如痴如醉状。再漂亮的女子变成骷髅之后也好看不到哪里去，灰扑扑的发髻下那张惨白的骷髅脸，多了一些空洞，少了一些恐怖。古琴倒是不错，琴长三尺，弦柱依旧存在，就是一双没了血肉的手落在上面，云琅即便是大开脑洞，也感受不到丝毫的美感。

太宰瞅了一眼女子的发髻道："这是一个楚国美女，看来是一个擅长抚琴的。能让陛下准许她见外臣，还能为外臣演奏，这女子应该很受陛下恩宠，只可惜无子，只能这样了。"

"这些人都是泥人吧？"云琅指指那些栩栩如生的外臣塑像问道。

太宰耸耸肩膀道："谁知道呢？可能泥里面包裹着尸骨吧！"云琅忽然发现女子的肩部有一个金色的挂钩，这应该是挂袖子用的，她的衣袖已经有些腐朽了，胡乱地落在身下，至于她的一双手臂，也掉在了地上。云琅提起女子的衣袖，帮她挂在金钩上，却不小心拂动了古琴上的双手，原本还比较完整的手骨立刻散开，敲在琴弦上，发出一声干涩沉闷的响动，像是在向云琅致谢。

第一一四章 龟虽寿

政治人物是人中龙凤，对于他们而言，不论遭遇什么样的艰难困苦，都不过是奋斗失败的结果，他们有能力，也有足够的智慧去面对自己将要承受的后果。我们可以赞扬他们锲而不舍的意志，羡慕他们拥有为了理想献身的精神，至于同情，还是算了，他们根本就不需要。遭受无妄之灾的人才需要别人的同情，比如这个弹琴的红衣女子。云琅不知道她的名字，也不知道她的家在何方，仅仅一声琴音，不足以推断出这背后的所有故事。

一座高大的金人站在城门的后面，手里拎着一只硕大的链子锤，自从云琅不小心触发了十二枚铜刺球之后，这只巨大的链子锤就开始无风自动。开始链子锤只是轻轻地摇摆，逐渐地，摆动的幅度越来越大，到了最后，链子锤带着破风之声，不再有变化。云琅怎么看都觉得这个链子锤就像是一个巨大的钟摆，在链子锤摆动的破风声中，云琅还听到了类似钟表上弦时的咔嗒声。

"这是机关被触动了？"云琅赶紧问太宰。

太宰疑惑地瞅着从头顶掠过的巨大的链子锤，摇头道："我也不知道，这还是第一次遇见。"

"我们回去吧！"云琅说完就拖着太宰向蛇洞方向后退。不论这东西代表着什么，云琅都没兴趣知道，先把自己弄到一个安全的地方再说。探索精神应当是无畏的探险者具备的，云琅觉得自己不是探险者，始皇帝连放射源都有，再出现什么诡异的玩意儿也没什么好奇怪的，因此没有必要去冒险。

云琅的胆小，太宰如何会不了解？见云琅不容置疑地拖着他钻蛇洞，他只好叹息一声，跟着云琅一头钻进了蛇洞。重新来到咸阳城外面后，云琅确定自己再一次站在了胡亥修建的部分，心头那股子压抑感才逐渐消失。他确信，胡亥修建的部分不可能与始皇帝修建的部分连为一体，那样的话，耗费太大了。过多的耗费无疑是胡亥不愿意的。高大的城墙就像是一面黑色的铁幕，将墓地分割成两半。里面的光线透不出来，外面的光线也进不去。

云琅拉着太宰重新来到了集市上，再一次坐在那家酒肆里面，开始喝酒。站在远处看火山爆发才是正常的观赏模式。

"城门开了！"一直盯着那道城墙的太宰惊叫起来。云琅抬头望去，果然，一道明亮的缝隙先是出现在城墙上，接着那扇巨大的城门真的缓缓打开了。城门口亮晃晃的，如同一道通往天国的大门。

云琅、太宰齐齐地站在城门前，谁都不开口说要进去。一条手臂粗细的蟒蛇从水沟里爬出来，看样子它准备去那片光明之地。只是，蟒蛇到了城门口，却盘成蛇阵，吐着长长的舌头四处搜索。云琅取出羊头，用力地丢进了城门，蟒蛇似乎感受到了食物的存在，经不起诱惑，缓缓地向城门游了过去。蟒蛇游到了城门下，什么事情都没有发生，于是它张开大嘴，努力地吞咽着羊头。

太宰咬咬牙道："我先进去，如果大事不妙你就跑！"

云琅诧异地问道："我们有必须进去的理由吗？"

太宰愣住了，过了片刻咬着牙道："不行，我必须带你去见始皇帝，否则，你这个太宰当得就不完整。"

云琅笑道："我要是再努力一下，大汉国的关外乡侯都当了，还会在乎一个太宰的职位？之所以来到这里，纯粹是因为你要求的，你要是不要求，我一定不会进来的。所以啊，对我来说，重要的人是你，不是始皇帝，是你要我当太宰我才当太宰的，始皇帝要我当太宰你觉得我会答应吗？"

"做事怎么可以半途而废？"

云琅笑道："半途而废的事情我干得多了，比如唱歌，比如跳舞，比如绘画，比如做学问，再多一件有什么关系？"

太宰奇怪地看着云琅道："做学问、绘画也就罢了，你学唱歌、跳舞做什么？"

云琅的眼中闪过一丝厉色，马上换了一张笑脸道："技多不压身，多一门本事也就多一个吃饭的门路。"

太宰太了解云琅了，根本就不理会他的胡说八道，转过头朝城门口望去，只见刚才还在努力吞噬羊头的蟒蛇，如今被四条铁刺捅穿了身体，而且被高高地挑起来，正在被一道丈许高的火焰烧烤。不等火焰熄灭，城门两边箭如飞蝗，刚刚还痛苦地缠绕在铁刺上的蟒蛇，不但被烧成了焦炭，还被密集的羽箭给射成了七八截，除了依旧穿在铁刺上的部分，其余的部分掉进了铁刺穿出来的坑洞中。

"很危险啊，老顾，你不想我也变成烤猪吧？我已经被烤熟过一次，绝对不想来第二次。"

太宰先是一愣，接着就有些兴致勃勃的样子了，指着那道大门对云琅道："你这么聪明，一定有法子彻底解除这里的机关吧？"

云琅笑道："当然可以，只要毁掉那个手持链子锤的金人，大门口所有的机关也就废掉了。问题是我一点都不想去探究，咱们回去吧。"

太宰怒道："你一个少年人怎么一点好奇心都没有？"

云琅跟着怒道："我就是好奇心太重，才落到这个地步的。"

明亮的天空似乎变得昏暗了下来，高大的城门再一次缓缓地合拢，挑着蟒蛇尸体的铁刺也缓缓地落下，有石板慢慢地滑过来覆盖在地上的那个黑洞上面，地面重新变成了一整块。假如不是空气中还存留着烧肉的味道，太宰几乎要怀疑自己刚才是不是眼花了。集市上的灯火也在逐渐变暗，太宰叹息一声，就与云琅一起返回。这是一次并不成功的探险，不是没有办法解决，而是某些人的胆量太小。

"你能活一百岁！

"你能活一百岁！！

"你绝对能活到一百岁！！！"

太宰的神情非常狰狞，尤其是在火光下，如同一个真正的虎外婆。

"那是自然，龟虽寿啊！"云琅对自己的明智选择很满意。

往前走一般情况下都会不容易，可是啊，往后走就会容易得多，至少云琅再见王翦铠甲人俑的时候还能拍拍人俑的肩膀，说一声再见。甬道里的壁画这一次看起来顺眼得多，栈道走起来也没有那么多的麻烦。云琅并没有把绳子解下来，反而重新绑缚了一遍，把它绑得更加结实。大门上的青铜灯台重新被取开，太宰扭动了太宰印信之后，大门就轰隆隆地关上了。那些呈螺旋状的楼梯就非常麻烦了，走一级台阶就需要把上一级台阶用力地给推回去，来到第一级台阶上的时候，云琅、太宰两人已经累得气喘吁吁。从山顶的出口爬出来的时候，老虎就守在出口，见到云琅跟太宰显得非常亲热，恍如隔世。

"你到底怎样才肯彻底把始皇陵走一遍？怎样才肯去拜谒始皇帝？"太宰的神情多少有些萎靡。

"除非这座始皇陵彻底由我来控制，否则我不会真正放心。只要始皇陵中还有不受我控制的地方，我就一定不会完全、彻底进去。"云琅喝了一口水，

129

把话说得很清楚。

"这是对始皇帝的亵渎!"

"一个活人受死人摆布,才是对我最大的亵渎。"

第一一五章 皇帝的自信

云琅不喜欢始皇陵。他觉得那是死人的地方，任何欢蹦乱跳的生物进到里面，都会变成幽灵。人世间的阴冷还带着一点保护色，那里的阴冷不但没有任何的遮掩，反而故意暴露得非常彻底。最让他不能忍受的是，里面的所有景致都是假的。假的丰功伟绩，假的将军，假的树木，假的草地，假的集市，假的城池……他从地上拔了一棵狗尾巴草随意地叼在嘴里，草根处稍微有一点苦涩，却带着草木该有的清香。这就足够了……

"断龙石在哪里？"云琅舒展一下双臂，深深地吸了一口新鲜的空气问道。"自己找！"太宰怒气冲冲地下山了。老虎瞅瞅太宰，再看看云琅，果断地留在云琅的身边，目送太宰远去。

麻地里的麻已经有一人高了，里面依旧有男女欢好的动静。这一次，不论云琅如何大声地咒骂，也没有人提着裤子跑出来。这片浓密的青纱帐足以给他们提供天然的保护所。走过麻地，就是一望无际的麦田，麦子已经抽穗，风一吹，花粉就飞得满天都是。云琅带着老虎从麦田埂子上穿过。或许是好几天不洗澡的原因，老虎身上的兽中之王的气息很浓重，一大群野鸭子从麦田里扑棱棱地飞了起来，老虎努力地扑击了一把，却什么都没有抓到。云琅微微一笑，走进了野鸭子飞起来的地方，果不其然，那里散落着十几枚野鸭子蛋。野鸭子能骗得过老虎，却骗不过他，十几枚野鸭子蛋装了满满一口袋，这些蛋快要被孵化出来了，云琅并不想浪费。鉴于关中这时候还没有养鸭子的习惯，他决定开关中养鸭子的先河。

如果有人问大汉的女人什么时候最美，云琅一定会说劳动的时候。云家的人干活的时候都是喜欢穿衣服的，所以，用青色麻布手帕包着头发、用各种材质的衣钩钩住袖子的妇人探出半截臂膀拔草的样子简直美不胜收。尤其是她们看到云琅后喜欢招手，这就更了不得啦，宽大的袖子一旦扬起来，能通过袖子看到衣服里面的"风景"。云琅低着头不敢乱看，惹来一群妇人铜铃般的大笑，有些特别豪放的甚至会故意拉开衣襟向云琅显摆她们强大的育儿本钱。

丰乳肥臀是平民娶妻的审美要点，繁衍出健壮的后代才是人们最关注的事情。至于帝王贵族，他们不是一般人，他们喜欢腰细纤弱、能作掌上舞的女子，女子对他们来说更多是玩物，生育并非第一选择。大汉的少女一般会把身体捂得严严实实，至于妇人……在这个三十岁就可以自称老妪的时代，她们什么都不在乎。储存脂肪是一种美德，表现在丑庸的身上就更加明显，这个家伙现在终于有了胡吃海塞的理由，所以她储存的脂肪格外多。

洗完澡的云琅见丑庸艰难地爬上楼梯给他端来了饭食，就叹息了一声道："整天不要总是想着吃，你看看你，再吃下去眼睛都被肉堵住了，还怎么嫁给褚狼啊？"

丑庸噘着嘴巴道："褚狼说了，他就喜欢我圆滚滚的样子，当初啊，他母亲就是因为太瘦才被活活饿死的。"

这个理由很强大！云琅发现自己竟然不知该如何反驳，就把一碟子白花花的胙肉推给丑庸道："既然如此，就拿去吃吧！"

"胙肉很好吃的，郎君难道不喜欢？"

云琅摇摇头道："把凉拌好的五倍子再给我来一盘，胙肉就算了，最近心里发腻，吃点清淡的。"

丑庸欢喜地端着胙肉下楼了，不一会儿，云琅就听见她跟小虫抢胙肉的动静。红袖端着云琅要的凉拌五倍子走上二楼，正在吃饭的云琅抬头看了一眼这个小女子，发现美丽这种东西真的是天生的，跟后天的培养关系不大。一身麻衣，穿在红袖的身上，会衬托她白皙的肌肤；穿在丑庸的身上，就变成包裹香肠的外皮。这个十岁的孩子遭遇了灭门之祸后，整个人就变得沉静，她的仇人是强大得没有边际的皇帝，所以她只能认命。

五倍子是一种很好吃的野菜，也是云琅最喜欢的野菜，只是这种东西需要晒干之后做成干菜，然后浸泡，去掉怪味道，煮熟，再浸泡，最后用麻油拌拌，味道才会可口。红袖端来的五倍子与丑庸送来的那一盘味道大大不同，五味调和得恰到好处，油不多，却能吃出一股子香味来。

"以后我吃的野菜就由你来做，今天做的五倍子味道很好。"

红袖有些欢喜，又有些惶恐，怯怯地用手指指指院子里的丑庸。云琅笑道："丑庸明年就要出嫁，我不能指望她伺候我一辈子。"

红袖的脸色大变，扑通一声跪地道："婢子不嫁，愿意伺候主人一辈子。"

云琅笑道："别总是拿一辈子说事，事实上啊，没准我们连明天的主都做不了。你将来可能会遇到让你倾心的男子，会有自己的日子要过，总是陪着我你会后悔的。"

红袖倔强地摇摇头道："我母亲就遇到了倾心的男子，然后……"

云琅阻止了红袖的倾诉，摆摆手道："忘记这些事情，只记住你母亲对你的好，把她的失败当成你的经验就好，快活地过日子，做你喜欢做的事情。如果你能快活一生，就是对你母亲最好的怀念。"红袖点点头，然后非常有礼貌地躬身退下。

"你家里的仆役，就这么一个好的，其余的都该活埋！"曹襄那张丑陋的脸从窗户外面探进来，手上还拿着半个香瓜。

"我家就该多招收一些类似丑庸这样的仆役，这样一来，就没有恶客能登堂入室了。"云琅放下筷子喃喃自语道。

"你这些天去哪里了？"曹襄坐在窗棂上继续啃着香瓜问道。

"你不是回家去了吗？怎么这么快就回来了？"

"我母亲把怂恿我回家的医者杖毙了。"

云琅愣了一下道："多好的医者啊，怎么就打死了呢？"

曹襄把剩下的瓜皮丢进云琅的垃圾筐，在身上擦了一把手道："我母亲说，这个医者在贪天之功为己有！"

云琅无奈地笑了，用指关节敲敲桌子道："曲辕犁才是！"

曹襄大笑道："这要分人的，我母亲可以杖毙一个医者，皇帝却能杖毙我的母亲，这就是差别！"

"我记得你回家治病的事情是你母亲默许的。"

曹襄摇摇头道："那是我母亲给医者最后一个活命的机会！默许这种事情一般只会出现在地位相差不大的两个人之间，至于医者……还是不说他了。我母亲送我来你家的时候，跟阿娇打了一场麻将，我是四个人中的一个。"

云琅看着曹襄道："还有一个是谁？"

"董君啊！"

云琅笑道："多好的麻将搭子啊，以后多玩。"

曹襄看着云琅道："玩不成了，我母亲回去了。张汤昨天去了长门宫，拉住董君就地给阉割了，我亲眼所见，他的胯下现在非常干净，一点凸起的东西都没有了。想要打麻将，估计要等半年之后！"

云琅抓抓后脑勺，倒吸了一口凉气道："这么狠？"

曹襄冷笑一声道："有人向陛下告密说阿娇秽乱宫廷，张汤就来解除后患了。"

　　云琅看着曹襄，皱眉道："看你的意思是要拉着我去找阿娇打麻将，你就不怕我被张汤给阉割了？"

　　曹襄鄙夷地瞅瞅云琅道："你想多了，别人告密阿娇秽乱宫廷，知道陛下怎么回答的吗？"云琅摇摇头。"陛下说，绝无此事！陛下还说，他不是相信那个董君，而是相信阿娇，阿娇即便有万般不是，看男人的眼界却奇高无比，能被阿娇看在眼中的男子，绝对不是董君这种玩物！"

第一一六章 孟大的理想

云琅搓着双手道："那完蛋了，像我这种长得玉树临风，又才气逼人的美少年，见了阿娇估计会被陛下剁成肉酱喂狗！你还是重新找麻将搭子吧，必须找丑的。"

曹襄的身手似乎变得敏捷了，一个虎跳就扑过来了，勒着云琅的脖子道："你这是在说我是丑八怪？"

云琅连忙道："肚子大，身子细，你不是丑八怪谁是？我觉得陛下可能连你都想阉割掉，只是觉得你丑，才放你一马。"

曹襄被云琅侮辱了，却不生气，从怀里掏出一面精美的铜镜，看着镜子里的自己，非常自恋道："以前这么说我的人，一般说完这话就被送去乱葬岗了。现在你这么说，不过是嫉妒而已，嫉妒我即将恢复的容貌。你看看，我的肚子已经消下去了，母亲说我的双颊也有了肉，再过三五个月，双臂、双腿的肉长出来之后，让你再看看我的容貌。很小的时候，我就有'长安第一美少年'之称。"

云琅点点头道:"那就该好好吃饭,我记得最能让人长肉的饭食就是猪油拌饭跟炖菜!你从今天起这么吃就好!"曹襄欢喜地点点头,他觉得云琅这人真是识情知趣。

云琅上下打量一下曹襄,还别说,这家伙的骨架粗大,个头也比一般人高一些,如果能持之以恒地用倭国相扑手的饭食进补,将来一定会成为一个合格的相扑手的,至于美少年什么的,估计跟他就没有什么关系了。

曹襄是一个很有行动力的人,云琅刚刚吃完饭,他就已经按照云琅说的,弄了一大碗不加盐的白米饭拌猪油,吃得艰难无比。丑庸也想这么吃,被云琅一顿鸡毛掸子给抽得没了胆子。这就是活色生香的生活……云琅瞅着被晚霞笼罩的始皇陵,微微叹口气,他希望太宰能再活一段时间,能再过一段不是笑话的生活。

曹襄为了长肉,早早地吃过自己的饭食之后就睡了……云琅踩着斑驳的月色,跟老虎来到了松林里的老院子。院子里漆黑一片,太宰枯坐在屋檐下,瞅着黑漆漆的松林不知道在想什么。捏泥人的野人老甘、老梅早早地就睡了,上了年纪的人很喜欢早睡早起,这是他们逃避黑暗世界的法宝。

"你不喜欢是吗?"太宰不用回头,听脚步声就知道云琅跟老虎来了。

"不喜欢,那是一段已经过去的时光,不能总是让它来干扰我现在的生活。我在竭力地忘记过去,想要真真正正地活一回,我希望你也这样,你被过去禁锢得太久了。"

太宰看着云琅,月光下的脸上有丝丝泪光,他哀声道:"掌控它,你才是太宰!"

云琅皱眉道:"我当然会掌控它,以我的方式进行。它对我来说是一座学问的宝库,等我掌握了这些学问,也就掌握了它。"

"别让我等太久,我可能等不了多长时间,我的手有时候不听使唤,捏不好泥人。"

云琅坐在太宰身边笑道:"我帮你!"

"我们每十天去一次好不好?"

云琅不忍心拒绝太宰,沉重地点头道:"没问题!"

"今天是第一天?"

"没问题!"

云琅不知道自己昨天晚上给了太宰多少承诺,反正,天亮之后他就后悔了……

孟大的被窝里放着二十枚鸡蛋,他准备用自己的体温把小鸡孵出来,结果,晚上不小心翻了身,就压碎了四颗鸡蛋。所以,天刚刚亮,他就哭得如同没了父母的孤儿!孟二也在哭,他被窝里的鸡蛋非常完整,他只是单纯为哥哥感到伤心。智力有缺陷的人,往往会有惊人的耐心,尤其是孵鸡蛋这种事,他们能做到常人所不能做到的地步。

孟度夫妇看着哭泣的两个儿子,脸色铁青,即便是陪他们一起来云家的张汤脸色也好不到哪里去。

云琅很有耐心地拿起被孟大压碎的鸡蛋壳,仔细地打量了一下,对孟大道:"不可行啊。"

孟大抽噎着道:"是不成,我晚上已经绑住双腿、双手了,结果还是会翻身。"

云琅摆弄着其余的鸡蛋道:"被窝里不够热吧?"

孟二点头道:"已经用了三个毯子,还是不如温泉热!"

云琅点点头道:"那就放弃,专攻温泉孵蛋,毕竟已经有成功的先例了。"

孟大、孟二对视一眼,然后坚决道:"放弃!"说完就匆匆地去了温泉水道上的孵化房。

孟度的一张脸已经变成了紫青色,他咬牙道:"你就是这样教导我儿的?"

张汤一脸的尴尬,正要帮云琅说好话,却见云琅冷冷道:"你们看见了什么？"

"我看见我儿在孵蛋！"

"孵蛋有什么不对吗？"

"你！"

张汤拉开暴跳如雷的孟度，没好气地对云琅道："你不该这样戏弄故人之子！你以前不是都用温泉水孵鸡蛋吗？"

云琅看着掩面而泣的张氏道："你也觉得我是在戏弄孟大跟孟二？"

张汤见云琅似乎没有开玩笑的意思，不解地问道："既然没有戏弄之心，为何会做如此荒唐的事情？"

云琅将双手背在身后，瞅着孟度道："世人多愚昧，你们只看见孟大、孟二孵蛋是一桩丑事，却从没想过，一旦孟大、孟二孵蛋成功了，会对这个世界有多么大的影响。粮食这东西对大汉国来说是永远都不够的，不管我们生产了多少粮食，每年饿死的人依旧数不胜数。养鸡、养鹅，也是在生产食物，而且比粮食更加可口，这种事情是妇人幼童都能干的事情，之所以饲养的人少，麻烦就出在种苗上。如果不依靠母鸡、母鹅来孵化，而是依靠人工一次性大量地孵出小鸡、小鹅，仅仅是养鸡、养鹅，就比种地的收益高出十倍不止。孟大、孟二在被窝里孵鸡蛋，看似荒唐，却也是一种尝试，当这种尝试失败之后，那就要试试别的方式。利用温泉水的热量孵化小鸡确实比在被窝里孵鸡蛋要合理，可是，天下有几处温泉水？孟大、孟二在得知温泉孵蛋不可能普及之后，自告奋勇地想用自己的体温来孵蛋，有什么可笑的？孟公，你何不去看看令郎现在做的事情，再做论断呢？"

张汤的眼睛瞪得比鹅蛋还要大，他无论如何也想不出云琅竟然会说出这样的一番话来。孟度的眼神也有些迷茫，倒是他老婆张氏擦了一把眼泪，就提着裙子匆匆地去追她的两个傻儿子了。

云家的孵蛋房就在庄子外面，一排排低矮的木头房子整齐有序。张汤以及孟度夫妇刚刚来到这里，就震惊得一句话都说不出来。这里几乎是小鸡、小鹅的海洋……十几个巨大的笸箩里全是鹅黄色的小鸡，孟大正抓着小鸡看鸡屁股，有的丢进了标着红字的笸箩里，有的丢进了标着蓝字的笸箩里。

张氏蹲下身子问儿子："阿大，你在干什么？"

孟大不耐烦道："分鸡！"

张氏不解地又问道："分鸡干什么？"

孟大烦躁道："母鸡用来下蛋，公鸡用来吃肉，饲养方式不同，自然要分开！别打扰我干活！"

张氏讨了个没趣，就把注意力放在半个身子都钻进木头房子里的孟二身上，趴在一边看了良久，才发现儿子正在翻弄鸡窝里的鸡蛋。他翻动鸡蛋的速度很快，而且给鸡蛋覆盖麦草的手法也极为娴熟，一个木房子里的百十颗鸡蛋。在孟二手中转瞬间就翻了一个身。

张汤抓起一只淡黄色的小鸡，疑惑地看着云琅道："这是孟大、孟二干出来的事情？"

云琅哼了一声道："眼睛看见的难道还不真吗？"

孟度有些谄媚地靠近云琅，小声道："真是我儿干出来的事情？"

云琅叹口气，点点头，指着满地的小鸡道："孵化小鸡是一门苦差事，需要人时刻注意孵化房的温度，不能过热，也不能过凉，需要人实时掌握。即便如此，失败也是常有之事，偶尔成功一次，却无法复制。自从孟大、孟二来了之后，他们就接手了云家的孵化房，失败了两次之后，基本上就没有出过差错。"

张汤粗粗地扫视了一眼遍地的小鸡，倒吸了一口凉气道："这怕不止一千只！"

"一千一百三十四只，昨天死掉了十四只，剩下一千一百二十只了！"孟大瓮声瓮气道。

"我儿会数数了，还会数这么多！"张氏在一边尖叫了一声，差点昏厥过去。

云琅叹了口气，指指旁边插在木盒子里的一大丛麦草秆子道："一只鸡一根麦草，每日都要数三遍甚至更多遍，如何会记不下来？"

张汤喜形于色，朝孟度拱拱手道："如果此法能够大行天下，令郎可以据此求官了。"

孟大听到这句话却像是被马蜂蛰了一般跳起来，拉着母亲的手摇晃着道："我不当官，我要养鸡！"

第一一七章 孟家的新方向

孟度瞅着两个憨态可掬的儿子，长叹一声道："养鸡好啊，养鸡好啊，我儿就好好养鸡！"对于自己的儿子，孟度原本是绝望的……当期望值降到最低时，养鸡就不是不能接受的事情了。

云家的鸡很多，张汤看到云家大大小小的鸡在草地上追逐、啄食虫子的欢乐场景，也觉得养鸡并非什么贱业。"你家为何要养这么多的鸡？"这句话刚刚问出口，张汤就觉得自己好像很傻。

云琅淡淡说道："草丛里的蝗虫太多了，多养一些鸡，就不会有蝗灾这种事了。"

"怎么说？"张汤对云琅消除蝗灾的说法很有兴趣。

云琅笑道："万物相生相克，只要运用得当，自然可以调节天下。"张汤点点头，也不知道听明白了没有。云琅觉得这家伙没听懂，生物循环跟可持续利用工程在后世也不是人人都懂的事情，更不要说张汤这家伙了。

"你家的庄稼长势很好，一亩地应该能收两石吧！"张汤明显不愿意跟云琅讨论他不熟悉的东西，遂指着广袤的原野装农业内行。

"一亩地产两百斤粮食对我来说是一种羞辱而非夸赞！"

"咦？"

云琅不理睬张汤惊讶的目光，继续瞅着农田道："我见过一亩地产八石的田地，也听说过一亩地能出产三十石的粮食作物，两石的亩产量你觉得我能快活得起来？"张汤呵呵一笑，他觉得云琅年纪还小，偶尔吹嘘一下自己的本领完全可以原谅。每到这个时候，云琅就有一种夏虫不可语冰的快感，明明说的是实话，人家却以为你在吹牛，这个感觉很美妙。

张汤看看围着鸡娃子的孟度一家，摇着头笑道："傻子终究是傻子，堂堂的猛士，如今快为两个傻儿子变成泥巴了。"

云琅呵呵笑道："子非鱼，焉知鱼之乐！"张汤点点头，觉得云琅说得很对，他是皇帝的鹰犬，时时刻刻都准备为皇帝出击捕获猎物，确实没必要关心孟度这种可怜虫。

天气很热，因此，云家今天吃的是凉面，一种非常简单的面食，只要有醋，有蒜，有菜，拌在一起就是很好吃的美食。云家的十几个厨娘很忙碌，因为吃饭的人多，所以晾在笸箩里面的凉面也堆积得如同山一般高。张汤今天不吃肉，也准备按云家吃饭的方式吃一点饭。孟度跟老婆对吃凉面没有意见，有意见的是云家的仆役跟他们吃一样的饭食。直到他们看见曹襄端着一个大碗过来，往碗里弄了好多面条，然后熟练地拌上蔬菜，边吃边走，只是不理睬他们，这才不情不愿地从笸箩里取面条。

孟大、孟二用的是盆子，两个以前吃饭需要仆妇伺候的傻小子，现在表现得非常生猛。"鸡蛋！"孟大往盆子里装满面条跟蔬菜之后冲着厨娘大叫。厨娘从厨房里用铲子端着两个煎得很漂亮的煎蛋放进他的盆子里，孟大这才满意地笑了。

孟二瞅着哥哥盆子里的鸡蛋，猛地在哥哥后脑勺上拍了一巴掌道："吃什么鸡蛋！就不能把鸡蛋孵成小鸡吗？小鸡多了，才有更多的鸡蛋吃！"

孟大努力地想了一下，然后把盆子里的一个鸡蛋挑进弟弟的盆子里道："好办法，以后不吃了，等小鸡多了再吃！"

云琅一般认为，只要会独立思考的人就不是傻子，不论他思考的问题有多可笑，那依旧是独立思考，是一个独立的人。思想可笑不可笑不是别人能判断的，或者说，别人没资格判断一个人的思想是否可笑。你认为的可笑，对思考者来说却是很重要的一件事。

张汤端着面条上了二楼，这里有一张桌子，桌子上放着两碟子蔬菜、一碟子煎蛋、一碟子凉拌肉片。荤素搭配得很漂亮。红袖帮张汤、孟度、张氏拌好面条，就下楼吃饭去了。云琅却跟孟大、孟二一起非常没风度地坐在楼梯上吃，一边吃一边嘀嘀咕咕地说着话，看起来更像是野人，而不像大汉国的官员跟勋贵。

张氏根本没心思吃饭，再美味的饭食对她也没有什么吸引力，她全部的心思都放在儿子身上。见张汤不由自主端着饭碗趴在栏杆上，她小声地对丈夫道："我不想再生孩子了，有他们两个就足够了，我儿看起来不傻！"

孟度点点头道："也好，毕竟名声太不好听了。"

张氏红着眼睛抓着丈夫的手道："委屈你了，一条好好的汉子硬是……"

孟度摇头道："不委屈啊，你也不看看那些当年跟我们在潜邸跟随陛下的人现在都是什么下场！就是因为谁都看不起我，谁都没把我当成威胁，所以我才特别蒙受陛下爱护。这几年来，委屈的是你。"

张氏摇摇头，看着吃饭吃得香甜的儿子对孟度道："爵位我家有，虽然不高，却够用了，在家里养鸡也不是什么太丢人的事情。"

孟度笑道："随你……"

一笸箩一笸箩的凉面随着劳作的云家仆役陆续回来，很快就不见了，四百多人一起吃饭，很壮观，也非常香甜。

远处，云家的一座新楼正在拔地而起，一座楼阁的模样已经出现，被密密麻麻的脚手架包围着，从外形就能看出，这座楼一旦建起来，将会非常漂亮。更远处，一群仆役依旧在修建围墙。云家的围墙并非用黄土夯制，而是用青砖跟一种奇怪的白灰黏合在一起。围墙已经修建了很长一段，随着地势起伏，与长城的模样很像。

张汤丢下饭碗，对坐在楼梯上的云琅道："这就是人间啊！"

云琅将手里的饭盆朝张汤扬一下道："如果大汉国的每一个百姓都能吃到云家这样的饭食，这个江山就如铁打的一般牢固。"

张汤笑道："谁说不是呢！只是匈奴不除，大汉国永无宁日。"

"那就杀啊！来一个杀一个，来一百个杀一百个，杀掉一百万个，就没有匈奴敢来了。"

"说得轻巧，匈奴人是那么好杀的？总要付出代价才成。"张汤说完，示意守在楼下的红袖再给他装一盆面，然后继续跟孟度说说笑笑，他觉得跟云琅商量国事完全是浪费时间。云琅没有见过匈奴人，也没有切身感受到匈奴的危害，对他来说，匈奴就像远处的害虫一般，他虽然讨厌，却不痛恨。

今天的天气很好，天空中一片云彩都没有，酷热的太阳炙烤着大地，才过中午，广袤的原野上就一个人都看不见了。张汤行色匆匆地走了，孟度跟张氏看儿子孵小鸡去了——酷热的天气里，母鸡不会抱窝的，只能依靠人工。

曹襄浑身上下只穿了一条短裤，一连吃了四五天的猪油拌饭，让他的身体变得更加虚弱，主要是腹泻得厉害，不过，吃炖菜的习惯却已经养成了。对于猪油拌饭，曹襄的评价不错，准备等身体强壮一些后再吃。持之以恒、锲而不舍是勋贵子弟在很小的时候就养成的好习惯，放弃就等于失败的观念非常深入人心。这家伙躺在藤椅上跟以前区别不大，最大的区别就是那个大肚皮快没有了，肚子极速瘦下来，导致他的皮肤松弛，软塌塌地挂在身上，使他看起来如同一个濒死的老妪。云琅自然是同样的打扮，他的身体就好看得多，不但匀称，而且皮肤充满了光泽，全身上下，一块疤痕都找不见。

第一一八章 情场失意的阿娇

"你一定出身于富贵人家,而且是大富大贵之家。"曹襄烦躁地抓了一把自己肚皮上的皮肤,揪起来有半尺长,愤愤道。原野上的风从远处吹来,经过浓密的树荫之后就变得清凉了。云琅非常享受这样的宁静时光,迷迷糊糊地哼了一声,翻了个身,准备继续睡觉。"谁家的子弟不是从小就打熬筋骨过来的?我已经算是小心养大的,可是啊,全身的伤疤有十余处,更别提骑马被摔断的胳膊。你当初能打败霍去病,虽然是取巧,也算是练过的,你身上怎么一点伤疤都没有?"

云琅被烦得不行,转过身怒道:"骑马那么危险的事情,不戴护具怎么行?摔死是必然的,没摔死算你命大!"

"滚开!谁家刚开始练习骑马的时候会穿铠甲?再说了,你手上连茧子都没有一个,比我家侍女的手还绵润一些。"

"你以后不许抓我的手!"

"哦,你就不能告诉我护具是什么吗?如果珍贵,我再帮你盖一座楼成不成？"

云琅觉得这个生意能做，云家的图纸上本该有九座楼阁的，现在只有三座，还缺少六座呢。"也好，把我家左边的迎风楼盖好，我帮你弄一套，仅限于你自己以及你家人使用，不得外传！"

"那就说定了，我等会就吩咐管事开干。对了，城里的兄弟们准备来你家避暑，行不行的说句话。"

"我有好处没有？"

"我能来已经是给你面子了，你还敢要好处？以后要是混熟了，长安城你就能横着走，报哪一个的名字都管用！"

"我家房子不够！"

"谁会住你家？人家带着娇妻美妾来的，准备换个地方奋战不休，在你家能尽兴吗？都有帐篷！"好好的贵族少年，偏偏长了一张臭嘴。

云琅也很无奈，说起来，曹襄邀请纨绔们来山庄，其实是想帮他，这一点没什么好怀疑的。云家不能总是冷冷清清地神游物外，有些亲朋好友才算是正常人家，现在的纨绔就是以后大汉国的栋梁，这基本上没有什么问题。"需要我准备些什么？"

曹襄瞥了云琅一眼道："就你家这个穷酸样子，能有什么好东西拿出来？耶耶们出游，从来都是准备全套，马桶、洗屁股的清水都不缺，你只需要准备好麻将……对了，今天吃的那个凉面味道真的不错，也弄上几百斤！"

"一群猪啊，吃这么多？"

曹襄大笑道："小家子气出来了吧？小家子气出来了吧？几百斤麦子面而已，就让你这么为难。好吧，麦子面我出！"

云琅的一张脸快要变成黑色的了，他拍着曹襄的肩膀道："你是不是也考虑一下我家仆役的工钱？"

曹襄笑道："要不要连你家的地租一起收了？"

"如此最好！"

曹襄哼了一声道："你敢要，我明天就敢收！"

云琅犹豫一下道："这样做是不是有些无耻？我们换一个收钱的法子你看怎么样？"只听曹襄惨叫一声，然后就跟屁股中箭一般快速地跑了，在云琅面前论"无耻"，他还不够资格。

半夜时分，云琅卧室的大门咣当一声就被人踹开了，烛光下，孟大两只眼睛似乎发出了绿莹莹的光，惨兮兮地瞅着刚刚被惊醒的云琅，一句话都不说。云琅抱着毯子惊恐地瞅着孟大……

孟大颤抖着把一只手探出来，慢慢张开了手，嘴里大叫："鸭子！"一只灰褐色的小鸭子出现在他的手中，扁扁的嘴巴无力地翕张着，努力地把身体靠在孟大手中，似乎很害怕云琅。

云琅松了一口气，忍着怒火从床上跳下来，小心地把他的手合上，推着他的肩膀道："好了，现在你是它的母亲了，你们要好好相处。如果想找人说话，去那边找曹襄！"然后就把这个半夜不睡觉拿着蜡烛乱跑的家伙推出了大门。鸭子被孵出来不算什么惊喜，本来就快要被母鸭子孵出来了，孟大不过是照顾了最后五天……

早上起床的时候，曹襄无奈地看着在楼下遛鸭子的孟大，他身体比较虚弱，赶不走找他倾诉孵出鸭子的狂喜的孟大，被孟大带着鸭子骚扰了一个晚上。云琅也没有好到哪里去，孟二又去他那里了，如果不是云琅把老虎喊进来，孟二绝对能跟他说一晚上的话。

"傻子到了你家都能变成栋梁，确实了不起！"曹襄打了一个哈欠夸赞道。

云琅微微一笑，指着孟大、孟二身后的十几只鸭子道："怎么，看出门道来了？"

曹襄点点头道："一只野鸭子三十个钱！"

云琅笑道："等鸭子长大了，它生一颗蛋，你就拿走一颗蛋，这样一来，鸭子就会不断地下蛋。"

曹襄点点头道："我们以后有吃不完的鸭蛋？"

云琅叹息一声道："想多了。"理想跟现实是两回事，人们总是抱着最美好的愿望去憧憬美好的未来，埋下一颗种子就希望夏日能开出最美的花朵，秋日能收获最丰硕的果实……

"孟大的愿望已经实现了，你的愿望呢？"云琅转过头看着曹襄道。

"如果你肯陪我去打麻将，我现在应该已经把阿娇的宫卫赢过来了。"

"阿娇没有那么傻吧？"

"她当然没有那么傻，只是太寂寞！"

"你知道的，长成我这样的男人不适合去见闺中怨妇，那会害死人的。"

曹襄对云琅的自恋早就见怪不怪了，他叹息一声道："我想找一个麻将高手，帮我赢阿娇！"

云琅皱眉道："你居然在输钱？"

曹襄瞅着天边的红日哀怨道："平阳侯府去年跟今年的入息已经被我输光了，再这么下去，估计我要卖掉一些祖产才成。"

"你们赌这么大？"

"你以为皇后昔日的宫卫很便宜吗？"

"咦，你居然是在摆明了车马跟阿娇对赌！"

曹襄不知为什么突然变得愤怒起来，他用拳头砸着栏杆道："她就算是弃妇，也是皇帝的弃妇，皇帝可以不理睬她，可以讨厌她，可是，别人敢欺负她一下试试！我可以正大光明地赢过来，愿赌服输，这没什么好说的，都是你情我愿的事情，皇帝即便知道了，也不会说什么，只会说阿娇的不是。这就是我的策略！可是啊……这个该死的阿娇，以前不学无术，除了骄纵再无优点，可是……偏偏啊……偏偏她对麻将有着常人所不能及的天赋……我除了刚开始赢了一点，其余的时候都是在输钱！而且，她的运气好到天上去了，我三六九饼

149

和不过人家的夹八万……摸到底的和法，她能连摸四次，我一张都摸不到……这样的情况已经不是一次两次了。"

云琅觉得牙齿很痛……曹襄倒霉到这个地步还真是罕见。"她最近手气很旺，你就先忍忍，过段时间再去！"

"哈哈哈……"曹襄爆发出一阵惨笑，"阿娇说了，用宫卫当赌注仅此一次，我如果敢一天不去，她就要改赌注。我要她家的宫女跟钱财干什么？耶耶只想要她家不要的宫卫！"

云琅抓抓后脑勺，也替曹襄难过。有一句话叫作"情场失意，赌场得意"，阿娇是天底下最大的情场失意者，她要是不能纵横赌场才是怪事情。

第一一九章 《长门赋》

"曹襄今天怎么还没有来?"一身红衣、慵懒地靠在软榻上的阿娇懒懒地问大长秋。

大长秋嘿嘿笑道:"怕是不敢来了吧?"

阿娇轻轻摇着羽扇道:"不会的,他还是会来的,半途而废可不是曹襄的性格。听说这个快死的孩子被我们的新邻居给救活了?"

大长秋笑道:"应该是,以前奴婢见这个孩子的时候,他总是病恹恹的,挺着一个大肚皮,不像是一个长寿的人。昨日他来长门宫,奴婢发现他虽然很瘦,却很有精神,大肚皮也消退了,整整打了三个时辰的麻将,一点疲惫的样子都没有。看来,坊间传言是真的。"

阿娇笑道:"弄不明白这些少年人,以前病得快要死了,就一副听天由命的样子,病才好就想着建功立业,把主意打到宫卫头上来了。不过啊,他要是不提,我还真的把宫卫们给忘记了。长秋,这些天既然赢钱了,就把拖欠宫卫们的俸禄加倍下发吧。"

大长秋愣了一下，脸上立刻就堆满了笑容，躬身道："皇后英明！"

阿娇笑道："英明什么啊，只是这些天打麻将打出了一个道理来，你知道是什么道理吗？"

大长秋笑道："还请皇后示下！"

阿娇停下手里的羽扇，瞅着外面响晴的天空，悠悠道："长辈、夫君、兄弟再有本事也不如自己有本事的好……我以前总以为这世上的荣华富贵就该是我的，现在看来，都是一场笑话！派人告诉母亲，董君被阉割就阉割了，他是自找的，我这里本来就是是非之地，她还派董君过来，也不知道安的什么心。"

大长秋吃惊地看着皇后，他一点都不明白，为何仅仅打过几场麻将的阿娇居然像是换了一个人。

就在主仆二人谈笑的时候，侍卫来报，平阳侯携羽林司马云琅前来拜谒长辈。

阿娇漂亮的丹凤眼立刻就眯缝了起来，刹那又睁得大大的，对大长秋笑道："带帮手来了。今天你也上场，称量一下我们这个邻居的本事！"

云琅第一眼看到阿娇的时候，就觉得"金屋藏娇"这个典故其实是非常有可信度的。这个骄傲得如同凤凰一般的女子，用一座屋子娇养起来确实没什么过分的。阿娇长得倒不是非常精致漂亮，而是浑身上下都散发着一股子难以明言的高贵气息。即便是云琅，也不敢跟阿娇那双明亮的大眼睛对视！她的长发就那么随随便便地用一条丝带绑成一束，斜斜地顺着耳边垂下来，一条红色的襦裙，没有襻臂。她坐在一张四四方方的席子上，手里捏着一枚白玉制作的麻将牌，似笑非笑地瞅着他跟曹襄。

"卑职羽林司马云琅见过……主人家！"

阿娇随意地挥挥手道："别琢磨称呼了，没人能给我一个公道。既然曹襄领你过来，就说明他对你多少还有点信心。既然如此，那就开始吧！"

阿娇面南背北地坐在主位上，没有要起来的意思，看样子也不用丢色子选位置了。曹襄毫不犹豫地坐在阿娇的下手,云琅自然坐在曹襄的对面,一个老得快没牙齿的宦官,笑眯眯地坐在阿娇的对面。

长时间纵横麻将场给了阿娇极大的自信,她探手握住色子,目光从其余三人脸上扫过,葱白一般的手指轻轻一松,两颗色子就在牌桌上滴溜溜地转动。

"九自手!"

色子果然一个五,一个四,停在九自手这个位置上。云琅倒吸了一口凉气,阿娇的运气果然是极好的。

牌抓上来了,阿娇直接推倒了手里的牌,笑眯眯地看着云琅跟曹襄道:"天和!"

云琅无言。

"呀,自摸了……"

"呀,又自摸了……"

"真是太糟糕了,最后一张孤品也被我抓到了……好吧,剩下的牌跟我没关系了,你们加把劲啊,再这么玩下去,很没意思……"

天快黑的时候,曹襄、云琅离开了长门宫,他们没有走大门,穿过一片草地就是云家的麻地,从这里走比较近。

"今天比昨日多输了一倍多。云琅,我发现你好像在故意帮阿娇,而不是帮我,好几次我要抓牌的时候你都要碰,说说其中的道理!"

"我觉得你要是一直输钱,可能会得到那些宫卫;如果你想依靠赢钱来获取宫卫,我觉得这几乎没有可能!"

曹襄叹口气道:"我母亲也是这么说的,她只要我一直陪阿娇把麻将打下去,无论输多少钱都要继续打下去。"

"那就打下去。据我所知,陛下唯一心软放过的人就是阿娇,哪怕她用巫蛊之术祸乱宫廷,陛下也没有伤害她。她恐怕也是唯一走进陛下心里的人,说句老实话,霍去病的阿姨虽然是现在的皇后,在陛下的心里未必有阿娇重要。"

"凭什么这么说?"

"将心比心啊,男人最难忘的就是自己的第一个女人,也是自己第一次春情勃发时的那个女人。哪怕这个女人伤害过他,他心中恨得要死,也不会轻易地伤害这个女人,因为他害怕万一自己以后又想见她,却再也见不到。"

曹襄皱眉道:"我怎么不记得我的第一个女人是谁?"

"你那是交配,不是爱恋!"云琅没好气道。

曹襄坏笑着,龇着大白牙道:"你跟卓姬算什么?别跟我说你准备娶这个大你十几岁的老女人!"

"滚!"

上流社会的圈子里发生点什么事情好像谁都知道,不管你隐藏得多么严密,总会有人知道,最后传播得全世界都知道。孟度老婆张氏跟张汤那点事情大概所有的人都知道,不过啊,鄙视他们的人很少,羡慕张汤的人倒是很多。

阿娇笑眯眯地站在三楼的楼台上瞅着曹襄跟云琅穿过麻地回到了云家,问大长秋:"那个叫云琅的少年人如何?"

大长秋笑道:"一只狡猾的小狐狸,见风头不对,就转过来帮您,努力地帮自己朋友博取您的好感。曹襄有一个不错的朋友。"

阿娇展颜一笑,眼波中都荡漾着笑意,那一刹那,美人的风情展露无遗。大长秋愣了一下,马上跪地俯首恳求道:"皇后如果能一直保持这样的笑意,若是陛下来了,定会舍不得离开。"

阿娇摇摇头道:"我也不知道怎么回事,对别人总是比对阿彘宽容一些,很多时候阿彘如果肯说一句软话,我怎么都会从他,可他从来都不肯说。"

大长秋连连叩头道:"陛下头戴皇冠,不可低头。"

阿娇叹口气道:"闺房内室之中也不行吗?"

大长秋摇头道:"上有神灵,下有阴灵,而皇权通神,怎可因为无人就雌伏于皇后裙下?"

阿娇瞅着天边的落日,幽幽道:"小时候,阿彘哥哥不是这样的……他肯背着我,肯带我去抓鱼,肯陪着我看雏鸡……我向司马相如百金求来的一赋也不能打动他的心吗?"说罢轻轻吟诵道,"夫何一佳人兮,步逍遥以自虞。魂逾佚而不反兮,形枯槁而独居。言我朝往而暮来兮,饮食乐而忘人。心慊移而不省故兮,交得意而相亲。伊予志之慢愚兮,怀贞悫之欢心。愿赐问而自进兮,得尚君之玉音。奉虚言而望诚兮,期城南之离宫。修薄具而自设兮,君曾不肯乎幸临。廓独潜而专精兮,天漂漂而疾风。登兰台而遥望兮,神悦悦而外淫……"

听着阿娇吟诵这首凄婉的辞赋,大长秋缓缓起身,长叹一声,缓步下楼。皇后直到今日还不明白,她越是可怜,皇帝就越是看轻了她。皇后的失败不在容貌、家世,更不在情谊,而是在她不是一个合格的皇后,母仪天下的本事她一样都没有……长龙飞天,有凤来仪,才是琴瑟和鸣之道……阿娇不知道这些,也教不会,学不来……

第一二〇章 曹襄的兄弟们

煮熟的小米被孟大、孟二放在手心里,那些小鸭子就在他们的手上啄食,小小的嘴巴扁扁的,一刻都不愿停歇。麻将牌打输了的云琅跟曹襄两人没心情好好吃饭,一人拿一张夹着卤肉的大饼,有气无力地咬着。

"今天输了七十万钱!"

"对你家来说是小事,问你母亲讨要!"

曹襄摇头道:"母亲如今是长平侯府的女主人,与平阳侯府一点关系都没有,我怎能厚颜无耻地去跟母亲要钱?没的让人笑话!"

云琅点点头道:"确实很丢人。不如我们做买卖吧?"

"那更丢人!"曹襄一口回绝,"平阳侯府还没有沦落到那个地步,更没有与罪囚、赘婿成为同一种人的打算。"(汉代商人地位低下,与罪囚、赘婿为同一等级,一旦遇到战事,他们就会被征召戍守边关,十死无生!)

云琅知道曹襄不可能同意,就指指蹲在院子里喂鸭子的孟大、孟二道:"养鸭子卖鸭子算不算是商贾?"

曹襄摇头道："这如何算得？农家自己养的鸡、鸭，拿去集市上换钱，怎么能算是商贾？"

云琅笑道："这就好，这就好，我们不做买卖，我们只养鸡、鸭、鹅，养猪，养牛，养羊，养鹿——鱼就算了，那东西太费水——只要是能养的，我们统统养上，就骊山附近的草场，足够我们养几十万只的。如果能让长安三辅的人都吃我们养的家禽、家畜，这也是一笔大收入，比你家土地上的产出大得太多了。"

曹襄摇摇头道："你自己玩吧，平阳侯府就不参与了，耶耶只要获取一次军功，收益就比你养牲畜大得太多了。"

云琅笑道："不见得吧！"

曹襄皱眉道："怎么不见得了？你有多少粮食喂养牲畜？你不会以为牲畜都不用吃粮食的吧？"

云琅笑道："可能会吃一点杂粮，不过啊，更多的是吃草。你知道我开春的时候从张汤拿来的种子里发现了什么东西吗？"

"什么东西？"

云琅笑眯眯地瞅着山脚下一大片盛开着紫色花朵的绿草不言语。曹襄循着云琅的视线看过去，皱眉道："还是草而已。"

"这东西叫作紫花苜蓿，匈奴的战马之所以肥壮，全靠此物支撑。有了这东西，饲养牲畜就用不了多少粮食。"

曹襄叹息一声道："即便是匈奴，也不可能时时刻刻进犯我大汉，他们只会在秋日战马积蓄了足够的秋膘之后才会发动进攻。即便如此，匈奴每进攻一次，就会休养生息一年，才有力气再次进犯。大汉就不同了，我们的战马因为是用豆料喂养出来的，一年中的任何时间都可以作战，这是我们的优势，也是我们的负担，耗费实在是太大了。你知道不？饲养一匹战马一年的费用顶得上中户人家一年所食。"

云琅笑而不语。催肥战马的方式太多了，如果有足够的油料作物，有足够的麸皮，再添加一点豆饼和青储饲料，耗费就没有那么多了。总的说起来，还是粮食作物的亩产量太低，品种太单一，这从客观上抬高了饲养牲畜的费用。后世十几亿人努力地吃牛肉，吃毛肚火锅，从未听说过牛不够吃的事情，倒是养牛的总是发愁牛的销路。

大汉国现在就是这个样子，没有什么惊喜，也没有什么好埋怨的，现在的日子已经比以前好过得太多了。不论是什么地方造反，还是什么地方发生了惨案，因为消息闭塞的缘故，他们传播得很慢，只要刘彻不弄得全天下的老百姓都没饭吃，他的江山就是非常稳固的。说起来，百姓对大汉国目前的状况一般都持赞许态度，不论是文帝，还是景帝，都是百姓们顶礼膜拜的对象，就是在他们统治期间，全天下的百姓总算是尝到了太平盛世的滋味。

对大汉国有意见的人不太多，意见最尖锐的其实就是云琅自己。他鄙视这个时代的所有规章制度，鄙视这个时代的所有改革建议，更鄙视这个时代的法律，以及这个时代的所有人物！云琅非常痛苦，很多时候他认为很容易就能解决的问题，非要看着别人拐了十八个弯子之后才艰难地解决，或者失败，这让他总是有一肚子恶毒的骂人的话。所以啊，当云琅举着酒壶看一群纨绔在草地上撒欢的时候，眼睛里不由自主地就会流露出一丝丝的不屑之意。

一群傻✕抓了一个不知道是谁家的美丽姬妾，让她脑袋上顶着一颗削平底子的香瓜，然后大家举着弓箭轮流射，完全无视那个女子已经被吓得尿裤子了。结果不太好，没等云琅去阻止，那个美女的脖子就被一个箭法不好的傻✕射穿了，血淌了一地……

云琅用腿托着女子的脑袋观察女子伤势的时候，引来众纨绔狼嚎一般的大笑，他们认为云琅在怜惜美人，马上又抓了一个已经快要被吓死的女子出来……

云琅一边帮女子拔掉没有箭头的羽箭，按着她的颈动脉减缓血流的速度，一边还要大叫："有更好玩的游戏！这种游戏太没意思了！"

曹襄看得出来，云琅已经到了爆发的边缘，就解围道："你要是能弄出更加有意思的游戏，这两个美女都归你。"

中箭的女子很幸运，动脉血管没有破，只是脖子上多了一个洞。云琅招手让丑庸过来，帮他把女子送回家，丑庸却脸色煞白地摇着头，然后一溜烟跑了。她实在太害怕了，害怕那些人把她捉去顶香瓜。倒是红袖的胆子很大，一个人拖着云家运送桑叶的小车，战战兢兢地来到云琅身边，在云琅的帮助下把女子抬上车后，一个人把女子拖回去了。

云琅擦拭掉手上的血迹，笑眯眯地瞅着眼前这群精力充沛却无处宣泄的纨绔，觉得不穿防护的美式橄榄球很适合这些人。这是他早就为这些纨绔准备好的游戏，不过，之前有护臂、护腿、护裆，以及用竹子编制的头盔，现在看来，这些东西都用不着。大汉国的侯爷多如牛毛，当然，这些侯爷大多是关外侯，家主不在长安，一个个为了表忠心，将家中的长子放在长安当质子。他们与长安本土的关内侯纨绔有很大的不同，凡是关内侯的子侄一般都会在军中、朝堂上担任官职，不会这么闲散。能听曹襄打一声招呼就来云家的，基本上都是没用的人。既然是人质，也就是说这些人是被家里抛弃的人，一个个胆战心惊地在长安苟延残喘，天知道家里会干出什么惹皇帝生气的事情，害自己被砍头。时间长了，一个个心理也就有些变态。

美式橄榄球的规则很简单，被云琅简化之后就变得更加简单。在一块草地上划出了区域，众人在简单地熟悉了一下规则之后，就开始玩球。玩美式橄榄球没有身体冲撞是不可能的，再加上这群人也不喜欢什么章法，很快就演变成两群"牛"在斗殴。

云琅提着一壶酒看这些人玩，见曹襄似乎很开心的样子，就问道："你从你这些兄弟身上弄到了多少钱？"

曹襄笑道："一百四十万钱，够我们再输两天的。"

第一二一章 冤大头的二次利用

这些人来的时候一个个报过名字的，不过，云琅选择了忘记，不是他没有礼貌，而是没有记住的必要。至少他在欢迎这些人到来的时候满脸笑容，毕竟人家为了参加曹襄的聚会花了很多钱，即便是做生意，云琅也做到了让这些人有宾至如归的感觉。云家的卤肉很好吃，凉面更是一绝，十几样凉拌的野菜也非常爽口。即便是刚刚从菜地里摘来的黄瓜，也顶花带刺，新鲜得不能再新鲜。至于十字花科的莲花菜，他们更是第一次见。这些东西在长安三辅是吃不到的，尤其是黄瓜跟莲花菜这种高级蔬菜，也不是他们能享用的。认识一大群这样的人，不如认识一个曹襄管用。以前谁都知道曹襄要死了，所以一个个对曹襄的态度总是不冷不热的。现在不一样了，曹襄的病眼看就要好了，这时候如果还不知道讨好曹襄这个大汉国重要的勋贵，那就太不应该了。

这场聚会其实就是一个各取所需的聚会：曹襄弄到了很多可以继续输给阿娇的钱。那些人亲近了一次平阳侯府，可以告诉家里人，已经成功地变成了曹襄的朋友，好从家里要更多的钱。至于云琅，自然不会有什么损失，除了家里突然多了两个美艳的妇人之外，家里出产的黄瓜、莲花菜等各种蔬菜都有了一个稳定的售卖渠道。这很好，一个很好的商业展示会被云琅开得极为成功。

曹襄没打算放过这些人，晚上又开了麻将场子……到天亮的时候，他又大赚了一笔。怪不得曹襄看不起做生意的商贾，他这样做，几乎不用什么本钱，就能捞到很多钱。

傍晚，云琅去看了那两个被吓坏的妇人。脖子上中箭的妇人陷入了昏迷，还在发烧，红袖守在一边往她额头上敷凉水布条。另一个妇人缩在墙角，眼睛直勾勾地瞅着大门，只要有人进来，她就会大喊大叫。

丑庸跪在门口，哭得已经没有人形了。从云琅喊她过去而她没有过去的那一刻，她就知道她想继续在云家高高在上已经不可能了。

"我当时不该叫你的，那样的场面谁都害怕，这是人的本能——不要说红袖，那丫头就是一个怪人。当时的场面，你们身为仆役，害怕是正常的，不害怕才是奇怪的。"

丑庸抽噎着道："我当不了内宅的家。"

云琅叹息一声道："你现在的生活跟你以前的生活差别太大，不适应也在情理之中，以后啊，这样的场面只会更多，而不会变少。"

"奴婢想有自己的家，求小郎可怜！"

"你想好了？褚狼同意吗？"

丑庸点点头道："我们商量好了，褚狼在家里继续当仆役，奴婢在家里给他生儿育女。"

云琅鼓掌大笑道："这就该有一场婚礼啊！但不知褚狼准备好提亲的礼物了吗？如果礼物轻了，你可不要轻易答应哟。"

丑庸匍匐两步，抱着云琅的小腿无声地哭泣，直到眼泪把云琅的鞋子都弄湿了，才抬起头流着泪笑道："换了一户人家，婢子早就被勒死了，只有在您

161

这里，丑庸才能活得像一个人，可以任性一下。"

云琅探手捏捏丑庸的胖脸道："说得这么伤感做什么？你以后还是要在家里生活的，没道理褚狼在家里，你却住到别的地方去，万一褚狼移情别恋，你哭都没有地方哭。"

丑庸笑道："他敢！"

"哈哈哈……"云琅笑得很开心，无论如何，丑庸有了一个不错的归宿，也算是追随他的人中第一个获得幸福的人。这让云琅的心情变得很好。这个又丑又平庸的孩子因为自己的出现生活没有变坏，而是变得更好了，这也是云琅真正开心的原因所在。

昏迷的妇人依旧在昏迷，惊恐的妇人依旧在惊恐，直到云琅怒喝一声，要那个妇人赶紧吃饭，吃完饭就替换红袖干活，那个妇人呆滞的双眼似乎才变得灵动起来，她抱着碗匆匆地吃饭，一边吃饭一边偷看云琅。只要对新主人有用，她就有继续活下去的动力，否则，她不知道会有什么可怕的厄运再一次落在她的头上。

老虎懒洋洋地从太宰那边回来了。这几天太宰不是很安分，总是喜欢在林子里转悠，有时候还会跑去后山，后山上野兽很多，没有老虎保护，云琅非常不放心。现在，老虎回来了，就说明太宰也回来了。

云琅知道太宰在干什么，自从上次观察了一下始皇陵，太宰就很担心其余的门户，他看似毫无目的地在山林里乱窜，实际上是在探察其余的门户，他很想看看其余的门户是不是跟正门一样安全。这是强迫症的一种，劝阻是无效的，云琅只好任由太宰去探察，要他安静地待着，比让他停止巡山困难得多。

清晨的时候，云琅没看见曹襄，问过曹襄的仆人才知道这家伙昨晚没睡，跟那些纨绔打了一夜的牌。云琅见仆役笑得开心，就知道曹襄收获不错。不过，下午还要去跟阿娇打牌输钱，也不知道这个仆人到底开心什么。

很快，云琅就知道仆人为什么会开心了——中午的时候，曹襄带着两个精心挑选的纨绔去找阿娇打牌了。对于曹襄不带他去，云琅很理解，毕竟是替死鬼，能让别人去就让别人去，自己真正的朋友就算了。

下午，云琅愉快地跟那些纨绔打了一场橄榄球，虽然被人家的野蛮冲撞撞得人仰马翻，他依旧欢喜。这种活动可以很有效地让这些纨绔把心中郁积的戾气发泄掉，打完球之后，即便是云琅都懒得动手指，更不要说那些不怎么勤快的纨绔了。无论如何，玩球要比杀人好太多。

不得不说，人家的歌姬确实不错，不论是北地的胭脂、江南的红粉都是很出彩的，即便是在草地上唱歌跳舞，也显得妖娆多姿。

"啊，云兄，小弟也想加入羽林，不知云兄这里有没有门路？至于花费多少，云兄尽管开口。"无心侯世子在云琅喝得半酣时低声问道。

云琅也跟着小声道："能受得住苦，经受得起煎熬吗？毕竟，公孙将军算不得一位善人！"

无心侯世子皱眉道："早就听说公孙将军驭下极严，以为军中都需要苦熬才能出头，小弟见兄长活得惬意，也想附兄长骥尾，不知可行否？"

云琅惭愧地拱拱手道："我是怎么进的羽林，兄长难道不知道吗？如果不是长公主的面子，小弟恐怕早就被公孙将军赶出羽林了。所以啊，面前有现成的人不找，找小弟恐怕是缘木求鱼啊。"

曹襄四肢摊开，光脚坐在一张厚厚的毛毡上，提着一个银壶往嘴里灌酒。今天有两个"送财童子"陪他去见了阿娇，他自然没有输钱，甚至还赢了一点。无心侯世子见曹襄心情不错，跟云琅挤挤眼睛，就很愉快地凑了过去……

月上东山，一场闹哄哄的酒宴才算是结束了。曹襄喝得有些高，云琅喝得也差不多了，二人站在一块菜地边上撒完尿后，打了一个激灵，酒意立刻就去了两分。

"我是不是不该这么喝酒？"曹襄的脸被月光照得一片惨白。

"是啊,你还有病,尤其是肝脏有毛病,当然不能喝酒!"

"可是你没有阻止我。"

"我干吗要阻止你?命是你的,你不在乎,我担什么心?!"

曹襄哈哈大笑,拍拍云琅的肩膀道:"这才是朋友!"

第一二二章 小心过度

　　无礼地干涉朋友的选择是一件很蠢的事情，万万不能以自己的见解和立场去评判朋友的处事方式，除非他提出要求。很多强大的人身边总是围着一群谄媚者，原因就是强大的人随意做出的决定，也比他们自己苦思之后做出的决定要好。这个好，不是指正确，而是指收获……越是出身高贵或者自身强大的人，对独立人格的要求就越高，霍去病如此，李敢如此，曹襄也是如此，唯有张汤不是。云琅冷眼旁观自己在这里认识的所有人，然后分门别类，制定了不同的交友方式，就目前看，效果不错。

　　一个很大的家庭，在一段时间后一般会形成自己的某些习惯。云家也是如此，从每天洗澡，一天吃三顿饭，再到穿衣的习惯，让云家显得跟别人家有很大的区别。说起来，大汉国的百姓一般都是脏兮兮的，即便是家里有些钱的人也做不到干净整洁。干净的人看起来总是顺眼一些。现在，不论是官府还是猎夫，区分野人跟云家仆役的方式就是看整洁程度。这个是模仿不来的，野人即便想要把自己弄干净，也没有机会保持下去，至少，他们寻找食物的过程非常艰辛。相对简单的获得食物的方法，就是背着煤石去云家交换。

云琅基本上是不存钱的，只要手里有点钱，云琅就会把这些钱换成粮食跟物资。在大汉，以物易物要比用钱买来得实惠而且方便。自耕农的生活方式就是这样的，很多家里有不少田土牛羊的富裕人家，其实也找不出几个钱来。如果家人生病了，就背上一口袋粮食去找大夫；家里没有盐巴了，也背上几口袋粮食去换；哪怕是雇工，给的报酬也是粮食。

在刘彻之前，在大汉国，谁都可以铸钱，只要你手里有铜有工匠，这是一个利润丰厚的行当。铸钱的人多了，铸造出来的钱币质量就会直线下降，便宜的铅、锡一个劲地往铜水里面添加，一斤铜会变成一斤半铜……最后，到老百姓手里的铜钱就会变成一捏就碎的烂玩意。云琅知道其中的奥妙，自然不愿意拿自家辛苦生产出来的蚕丝、蔬菜、粮食，去换那些没有丝毫信用担保的烂铜钱。掺杂了太多铅、锡的铜钱，想要提炼出纯铜非常困难。因此，云琅喜欢这种最古朴的交易方式，哪怕他明明知道这是一种倒退。管他呢，粮食成为交易基础对云家来说是一件非常有利的事情。

家里人口多，所以每一寸土地都被利用得很充分。第一季粮食云琅准备拿来筛选种子粮。粗大而且饱满的禾穗会被挑选出来，单独存放，留作明年的种子。到了明年，继续筛选更加粗壮的禾穗来做种子，只要坚持不懈地选种，并且保持这片农田的独立性，迟早会选出最好的种子。胡萝卜的种子已经收集了三十多斤，这对五十亩的胡萝卜种植面积来说不算多。卷心菜没有拿来食用，而是让它们全部长老抽穗，最后开花长出种子，云家人很小心地收集了种子，不算多，只有两斤多一点。

张汤说上林苑的核桃树到了长安就不再结果子了，有些树已经长了六年之久，依旧不结核桃。云琅很自然地就把这些所谓的废物接手过来，即便是大树，他也派人挖出来种在自家的宅院里。在大汉，最值钱的东西是农作物跟牲畜，丝绸之类的东西虽然很昂贵，对它们的需求却是有限的，在这个普遍穷困的世界里，它们并非交易的主流。

云家从皇家手里接过了种子，然后再还人家十倍的种子，这非常公平。夏末秋收的时候，云家完美地完成了任务。张汤看着云家依旧一片葱茏的原野，叹息一声，就回去了。

烤麦穗吃需要一定的水平，云琅对此十分擅长。一把青色的麦穗捆扎成一小束之后，放在火上烤，火焰会烧掉麦芒，将麦穗烧得黑乎乎的，然后趁机放在手心里揉搓，用力一吹，麦壳就会被吹跑，留下一小把烧熟的麦粒。即便满嘴焦黑，云琅依旧吃得津津有味。虽然把青嫩的麦粒直接揉搓出来，放在铁锅里加盐炒熟味道可能更好，云琅却更喜欢烧焦的麦子，这样会多许多野趣。

连续走了两趟始皇陵，云琅对阳光下的生活更加眷恋。白天在阳光下行走，夜晚却在始皇陵里面巡查，活人的世界跟死人的世界差别太大，让云琅无数次怀疑自己的人生，想不明白他为什么要这样折磨自己。

再一次站在咸阳城门外，风从城门里面吹出来，像是一阵阵绝望的叹息，里面黑洞洞的，再也不像前几次进去那般光明大作。上一次进来的时候，云琅将巨鼎里面的油全部放光，让它们流进了特意准备好的木桶里。相比那些神奇的机关，云琅更加相信自己手里的火把。

太宰的身体很差，即便有火光映照，蜡黄的脸上也没有多少血色。"你确定你会把这些油重新灌进大鼎，而不是拿到外面点灯？"

"放心吧，一定会复原的，不过，我必须弄明白这里面的所有奥秘才会复原。"

"你好歹快点啊，我觉得我快要死了。"

云琅默不作声，从咸阳城大门径直走了过去。那些翻板已经被他用木板给盖住了，城门两边的弩箭孔洞，也已经被他用木头橛子给塞死了，对那些能弹出长矛的孔洞，他也做了同样的处置。云琅又想办法从不远处把两座铜香炉给挪过来，安放在城门口，一来堵住城门不让它关闭；二来，一旦千斤闸掉下来了，也有两个结实的支撑物，不至于被千斤闸弄成一摊肉酱。太宰对云琅这种破坏性的举动非常不满，却对拿定了主意的云琅毫无办法。仰头瞅着两尊高大的金人，云琅用锤子敲击了一下，声音清脆，然后，云琅就拉着太宰重新跑回来了。

"你在干什么？"

"小心没大错。金人的身体居然是空的，始皇帝没事干放两座雕像在这里干吗？"说完他就趴在地上，努力给自己的铁臂弩上好了弓弦，瞄准一尊金人的手腕扣动了弩机。铁杆弩箭准确地落在金人手臂上，发出很大的嗡鸣，只听咔嗒一声，金人的手臂居然掉下来了……

"你看看，你都干了些什么？"太宰有些气急败坏。

云琅也觉得自己有些过分。见金人毫无动静，他再一次小心地来到金人脚下，攀着金人腿上供匠人上下的铁环来到了金人损坏的臂膀上。站到金人的臂膀上他才发现，金人的身体居然是实心的，只有四肢是空心的。忽然觉得脚下有些晃动，云琅吃了一惊，连忙牢牢地抓住金人肩部的凸起物大叫起来。太宰在下面急得跳脚，却毫无办法，眼看着金人缓缓地倾倒，最后轰隆一声靠在城墙上。一时间，尘土飞扬，金人的身体碎裂开来，巨大的脑袋被城墙磕碰了一下，从脖子上滚落下来。太宰眼睁睁地看着城门口的金人碎裂，而后轰然倒地，绝望地抱着脑袋发出夜枭一般的惨叫。

第一二三章 没什么值得我拼命

尘土还没有散开,就听见云琅惶急的声音从尘土中传来:"快帮我拿梯子,我快坚持不住了!"太宰听得很清楚,连忙扛着竹梯跑了过去,在灰尘中却找不到云琅的所在,着急地大喊大叫。待灰尘散尽,太宰才发现云琅正趴在高高的城墙上,两只手抓在一个被金人砸出来的豁口上,两条腿乱蹬,非常危急。梯子支在云琅的脚下,他小心地攀着梯子灰头土脸地爬下来,刚一下来,双腿一软就坐在了地上。

"我的祖宗啊,你不要再玩了成不成?再这么下去,没有危险也会被你弄出危险来的。"

云琅苦着脸对太宰道:"很麻烦,不知道这次震动又会触发什么机关。"

太宰摇头道:"哪来的那么多机关?我们只要好好钻洞进去,什么事情都不会有……"

太宰话音未落,云琅就惊骇地瞅着他们以前进出咸阳城的那个蛇洞。只见一条大蛇惊慌地从洞里蹿了出来,然后就盘起来,吐着分叉的舌头警惕地面对洞口，似乎有什么恐怖的东西会钻出来。蛇洞里面轰隆隆的响声不断，太宰、云琅两人忘记了抱怨，齐齐地瞅着洞口，他们也想知道什么东西能把始皇陵里面最大的一条蟒蛇吓成这个样子。轰隆隆的响声越来越近，越来越急，云琅觉得自己身处的地方非常不安全，就拉着太宰来到了倒地的金人残块后面，只露出脑袋观察将要发生的事情。只见一颗足有篮球大小的刺球嗖的一声从那个洞里面飞了出来，大蛇甚至来不及躲避，就被那颗大刺球重重地砸中脑袋，巨大的身体被刺球上的尖刺挂着向后倒飞了两丈多远，才吧唧一声掉在地上。大蛇的脑袋已经跟刺球混为一体了，身体颤抖着缠紧了刺球。云琅、太宰两人眼看着刺球上的尖刺将大蛇的身体刺穿，也无可奈何。轰隆隆的声音没有停止，紧接着第二、第三颗，乃至第四、第五、第六颗刺球嗖嗖地从洞口飞出，城墙里面的轰响才戛然而止。大蛇已经成了肉酱，六颗青铜刺球散乱地落在城墙前的广场上，乱糟糟的，没有什么章法。

太宰忧郁地看着那六颗青铜刺球道："你是要拆掉始皇陵啊。"

云琅擦一把脸道："你的想法真是奇怪，为什么不想想在我们两个钻洞的时候这些青铜刺球突然飞下来的后果？"

"是你触动了机关！"

"走人的地方就不该有机关……"

对着太宰就不能说始皇帝的坏话，他身体好的时候说一说还成，现在，他的身体已经坏到了极点，就不允许云琅再对始皇帝不敬了。

走进城门，那尊拎着链子锤的金人已经不再摆动它的链子锤，一根粗大的绳索牢牢地将链子锤的锤头绑缚住，固定在金人的腿上，即便再次触发机关，链子锤也没办法给机关上弦。穿过停留着六颗更加巨大的刺球的凹地，云琅拍拍那些上次差点要了他的性命的刺球，对太宰道："里面真的很危险啊。"

太宰阴沉着脸道："前面就是镇墓兽所在地，你莫乱来。"说完就继续前进。

云琅不知道始皇帝是什么心思，什么都要高大的，眼前这座镇墓兽就高大得出奇。以前云琅在中国国家博物馆见到过两座镇墓兽，只有不到一米高，完全无法跟眼前这座相比。云琅站在这座镇墓兽的一根指头上，躺倒了睡觉毫无问题。别人家的镇墓兽不是泥塑的，就是石头雕刻的，眼前这座镇墓兽却是用实实在在的金铁铸造而成的。九十年不见天日，这座镇墓兽浑身起了一层铜锈，人头兽身看起来异常狰狞。

"这是方相氏。有一种怪物叫魍象，好吃死人肝脑，而神兽方相氏有驱逐魍象的本领，所以死者的家人常立方相氏于墓侧，以防怪物侵扰。方相氏有四只金黄色的眼，蒙着熊皮，穿红衣黑裤，乘马扬戈，到墓圹内以戈击四角，驱方良、魍象……"

云琅举着火把，一边听太宰解说，一边看镇墓兽身上的火焰纹。这些飘逸的火焰纹上全是形形色色的怪兽与阴魂，一个个做痛苦状，看样子被这个镇墓兽伤害得不轻。

"这东西难道不应该放在坟墓外面吗？"

太宰微微一笑道："这里就是坟墓的外边。"

云琅瞅瞅黑漆漆的前路道："这里没有灯火吗？"

太宰摇头道："没有，我们只能提着灯笼前进。"

"有什么说法吗？"

"有。这里是陪葬的大臣，再往前是陪葬的王公贵族，再往前，就是殉葬的宫妃以及宦官。"

"我想看看！"

"别看了，给他们留一些体面。九十年过去了，他们身上的衣衫都腐朽了，昔日的名臣、名将、王公、勋贵，不管过去如何辉煌，如今，就剩一把骨头了……"太宰有些感慨，也能从他的声音里听出一丝丝兴奋。

云琅手上的火把被太宰熄灭了，转瞬间一盏牛皮灯笼亮了起来。灯笼的亮度很低，光线只在一米之内，只能照亮脚下的一小片土地。云琅总觉得有无数双阴森森的眼睛在盯着他看，走在太宰前面，觉得前面黑漆漆的，很恐怖；走在太宰后面，又觉得后背发寒，似乎总有爪子在摸他的后背；走在左边，右边起鸡皮疙瘩；走在右边，左边冷得厉害。总之，他不论走到哪里都觉得不舒服。

"要是把老虎带来就好了。"

太宰阴沉沉道："老虎来了，好跟我一起把你夹在中间是不是？"

云琅咽了一口口水道："要是再来两个人把我包围在中间就好了。"

"你的胆子怎么这么小啊！"

云琅怒道："我不是胆小，我只是觉得把命丢在毫无意义的事情上非常不值得。"

"那你说说，你遇到什么情形才肯拼命？"

云琅想了很久都没有想到一个自己必须拼命的理由，撇撇嘴道："还没有发现！"

太宰耻笑道："那就是胆小！"

云琅忽然大叫一声，跳起来趴在太宰的背上，刚才有人在拽他的衣角，这一点他非常确定。太宰背着云琅转过身，用灯笼照亮了后面，没好气地对云琅道："下来！是一截树根！"

云琅小心地朝那边看过去，果然，有一截树根从旁边的石壁上探出来，勾勾丫丫的，满是须根，正是一截枯死的须根钩住了他的衣角。云琅很不好意思地从太宰身上下来，尴尬地对太宰道："我就怕这些神神怪怪的东西。你知道不？我以前不是这样的，小时候我非常调皮，我的弟妹们有的兔唇，有的瘸腿，有的聋哑，总有人取笑他们，为了弟妹们我曾经跟一个学校的王八蛋们战斗过。上了六年小学，我整整打了六年的架，在那六年里，我身上的皮肉从来就没有好的时候。后来云婆婆告诉我，如果我继续这样打架斗殴，无视学校的纪律，学校就不会再要我跟我的那些弟妹了，她要我忍耐。我其实一点都不想上学，可是，弟妹们想要上学，所以我就不敢打架了，即便人家打我，我也不敢还手。我当时想着，等到弟妹们都毕业了，我就把那些欺负我们的坏家伙全部杀光，并且为此制订了很详细的计划。后来又是云婆婆告诉我，千万不能出事，家里的米粮不多了，我是最大的，要给弟妹们找粮食吃……最终我的计划胎死腹中！后来，云婆婆死了，弟妹们也被官府转移到别的地方了，我也去了别的城市生活，我多年的努力好像一下子全都变得没了意义，再也找不到能让我为之拼命的东西，生活也就变得非常平庸，非常没有意思。太宰，你想不想听我那个计划是什么样的？"

太宰闷哼一声，回头继续走路。在灯笼晃动的光圈里，云琅看见了一大排背靠石壁坐着的骷髅。看不见的东西才可怕，看见了，云琅反倒不怕了，骷髅而已……

第一二四章 龙图腾

走了一炷香的时间，太宰掀开灯笼，小心地用蜡烛点燃了墙上的一个火把。很快，火把就连成了一条火线，向黑暗深处蜿蜒而去。随着灯火不断地被点燃，看到眼前奢华景象的云琅震惊得张大了嘴巴。首先映入眼帘的是一具巨大的骸骨，骸骨之大远远超出了云琅的想象……

"这是什么骨头？"云琅用梦呓一般的语气问道。这具骸骨，使镶嵌在石壁上的各种闪耀着光芒的宝石黯然失色了。

"龙！"太宰眯缝着眼睛慢慢地适应着强烈的光线。

云琅的目光落在四只粗大的爪子上，难以置信地自言自语道："真的有龙这种生物？"

云琅很确定自己看见了一条龙！不论是它头上的鹿角，还是马面一般的面骨、蛇一般细长圆润的肋骨，抑或是散落在地上的巨大鳞片，以及支撑着骸骨不倒的四只粗大的爪子，都证明这就是一条龙的遗骸。

"大王在渭水之滨祭天的时候遇到了一条黑龙……"太宰抚摸着巨龙的骸

骨，脸上满是追忆的神色，就跟他本人见过当时的场景似的。

"始皇帝渭水祭天见到了黑龙是真的？"

太宰笑道："自然是真的，史书上有记载的。"

"是这条吗？"

太宰的神色有些闪烁，言不由衷道："应该就是吧！"

云琅被这具长达五丈的巨龙骸骨给迷惑住了，想了很久才发现这条龙没有皮肉，只有骨头，而且骨架子完整得让人难以置信，跟云琅在后世见到的那些恐龙骸骨有着非常大的不同。他从地上捡起一片巴掌大的鳞片。这东西很像鱼鳞，或者说它就是鱼鳞，即便时间过去了很久，已经没有了鱼腥味，可是还有一丝丝残存的经络附着在上面。这应该是真正的鳞片，就是不知道是什么大鱼的，还是龙的。

太宰见云琅看巨龙骸骨看得入神，就走到大厅边上，举起一只小锤子，很有韵律地奏响了放在那里的一套编钟，声音清越、悠扬……

云琅骑在龙头上，仔细观察龙头骨。当发现长角的部位与其余头骨部分并非一体的时候，他心里隐隐有些失望……果然，他检查过龙头骨的其余部分之后，就对这具龙骨毫无兴趣了。整颗龙头骨是利用鹿头骨、牛头骨、马头骨上天然形成的弧线拼成的。看得出来，始皇帝为了彰显自己的所谓奇遇，可是下了大功夫的。鹿头、牛头、马头好找，可是，十几米长的巨蛇身体，以及骸骨腹下那四只巨大的爪子，乃至那些巴掌大的鱼鳞，就是非常稀罕的东西了。尤其是四只大爪子，云琅觉得应该是从一条非常非常巨大的鳄鱼身上取下来的。云琅捡拾了十几片大鱼鳞装进背囊里，而太宰恰好敲完了一首《山鬼》，他中规中矩的，敲完之后还弯腰施礼，似乎自己正站在始皇帝的大殿上为始皇帝奏乐。

"看完巨龙了？"太宰骄傲地问道。

云琅没办法说这东西是假的，只好装作满怀钦佩的样子点头道："原来龙是这个样子的！"

太宰越发骄傲，拍着骸骨道："这还是一条幼龙，身体远远没有长大。据我耶耶说，长成的巨龙身体足有数百丈，在天空中可以播云吐雾，在江河湖海里能掀起滔天巨浪。我大秦得天庇佑，才能有幸得到一条天龙……只可惜天龙年幼，并未长成，以致我大秦二世而亡。汉高祖刘邦斩白蛇而赋《大风》，奠定了汉国的基业，我耶耶当初以为，刘邦斩杀的那条白蛇也是一条龙，且是一条比我大秦朝得到的这条龙还要幼小的龙。我大秦的护国神龙足足长到了五丈，却只能庇佑我大秦两世，刘邦斩杀的那条更加幼小的神龙就更加不堪了。刘邦死后，汉朝乱象纷呈，我耶耶以为汉国就要倒霉了，就要灭亡了，便不断地鼓动、资助那些心有不甘之人……结果，汉文帝继位之后，很快就平定了天下……陵卫们这才想起，我大秦自襄公封国乃至庄公到子婴已经几十代了……"

云琅很想大笑，见太宰一脸的伤心之色，又不敢笑，只好把脑袋扭过去，免得被太宰看到笑容。太宰见云琅的肩背在抖动，叹息一声道："想笑就笑，忍着干什么？当初耶耶认识到这个问题的时候他们也笑了很久。"

一句话就说得云琅笑不出来了，他指着太宰道："冷笑话不能这么讲啊，听得人心里蛮不是滋味的。"

太宰指着远处黑漆漆的地方道："那里坐着更多的笑话。"说完熟练地拉动了铁链，眼看着火线慢慢浸入冷油之中逐渐熄灭，就重新点亮了蜡烛，提着灯笼往回走。

云琅奇怪道："今天时间还早，怎么就要回去了？"

"修大门！"太宰冷冷地回答。

眼看着太宰要走远了，云琅瞅瞅身边黑漆漆的骨架，打了一个寒战，快步跟上。

明知道这条龙是假的，看着太宰认真的样子，云琅还是不由得暗暗叹息，这个假话也不知道被始皇帝说了多少次，不是真的也要变成真的了。即便是后世，人们都知道龙这种生物应该是没有的，可是还有无数关于龙的传说在世间流传，而龙王庙的香火依旧鼎盛。不论哪一个世界，都是真真假假的，难以说清楚。不过也好，正是有了关于龙的传说，夏人、商人、周人、秦人，乃至汉人、唐宋人、元明清人……才能一以贯之，最终将一口气无休止地延续下去。跟古人讲古自然是可笑的，所以云琅坚决不说。活到太宰这个地步，"无知"是一种福气。

大门口的那两只巨鼎，云琅费了九牛二虎之力才搬走，可是那座高大的城门依旧没有关上，不论太宰如何晃动巨大的城门，城门依旧岿然不动——门坏了！

自从发现大门关不上，云琅就躲得远远的，他觉得太宰可能会非常生气。果然，太宰在气喘吁吁地捣鼓了一阵子大门之后冲着云琅大吼："云琅——"

云琅无奈地挠挠后脑勺，苦着脸蹲在城门口道："门口的那两座金人可能就跟这座大门有关，既然金人已经毁坏了，大门是关不上了，不如我们把千斤闸放下来算了。"

太宰无奈地坐在地上道："千斤闸一旦放下来，凭我们两个人的力气再也抬不起来。"

云琅指指蛇洞道："那就继续钻洞吧！"

指望太宰爬城墙不太可能，云琅只好自己上。他将拿进来的两架梯子绑在一起，勉强搭在城墙上，踩着软了吧唧的梯子，一步步往上爬。

"小心啊！"太宰在下面看得胆战心惊的。

云琅自然不会太鲁莽，到了足以摔死他的高度，他就往城墙上钉铁环，然后再把腰上的绳子拴在铁环上，基本上两步一个铁环。就这样，他踩着晃晃悠悠的梯子终于爬到了山洞的顶端。城墙与山洞顶部连为一体，好在因为有垛堞，还有一些空间可供云琅钻进去。

城头顶部都是巨大的梁木，被粗大的石柱支撑着，城头的垛堞不仅仅起到装扮城头的作用，同时也是支撑顶棚的柱子。一架强弩就放在垛堞的口子上，操持强弩的军卒是一个陶俑，涂着大红的脸蛋，嘴唇更是红得吓人，脸上的皮肤垂在了下巴上……没人可以依靠的时候，云琅一般是不会惊叫来吓唬自己的，城头是最潮湿的地方，这里的兵马俑受潮掉皮是非常合理的事情。

第一二五章 司马迁的漏洞

即便是一座地下城，城墙的结构也与咸阳城一般无二，宽大的城头足以跑马，各色装备一样不缺，滚木、礌石、渔网、金汁、灰瓶、床弩，样样不缺，只是看守城池的这些军卒都是陶俑罢了。每一具陶俑都有真人大小，至少身高比云琅还要高一些，只是脸上的笑容变得神秘而阴森。云琅一手举着火把，一手不断地单手作揖，嘴里念念有词："诸兄莫怪，小弟叨扰了，放下千斤闸之后就离开……"一个陶俑的脑袋忽然掉了下来，居然没有摔碎，就在云琅的脚下骨碌碌乱转，在火把光芒的映照下不断地变换着笑脸，就差发出笑声来了。云琅浑身的汗毛直竖，僵立了很久。

太宰焦急地在外面喊道："你有没有事啊？如果没有就跟我说话，或者发出声音，让我知道你没事。"

"我没事——"云琅鼓足勇气大声喊了出来。

说起来，云琅最初对始皇陵的认识来自《史记》。以前，他对于《史记》上的记载是笃信不移的。自从来到骊山之后，他对《史记》上的记载就产生了很多的疑问。《史记》关于秦始皇陵的记载是："行从直道至咸阳,发丧。太子胡亥袭位,为二世皇帝。九月,葬始皇郦山。始皇初即位,穿治郦山,及并天下,天下徒送诣七十余万人,穿三泉,下铜而致椁,宫观百官奇器珍怪徙臧满之。令匠作机弩矢,有所穿近者辄射之。以水银为百川江河大海,机相灌输,上具天文,下具地理。以人鱼膏为烛,度不灭者久之。二世曰:'先帝后宫非有子者,出焉不宜。'皆令从死,死者甚众。葬既已下,或言工匠为机,臧皆知之,臧重即泄。大事毕,已臧,闭中羡,下外羡门,尽闭工匠臧者,无复出者。树草木以象山。"对这一段的解说问题很大,疑问很多。

　　司马迁是史官司马谈之子,现在不过是一个二十四岁的小伙子,正在协助父亲整理史料。这事云琅早就问过霍去病跟曹襄了,他们两人都只说司马迁此人好读书,除此之外再无名声。云琅很想知道司马迁是如何知道始皇陵内部的情况的,难道他进过始皇陵?这完全没有可能,太宰一族已经守护这里快百年了,没发现司马迁进去过。既然如此,他是如何知道始皇陵里面的情况的?如果连他都能知道始皇陵在什么地方,以项羽、刘邦的能力,不可能放过装满财物的始皇陵的。如果说司马迁是根据史书记载来描述的,云琅想问下他根据的是哪本史书,哪本史书会记载这么敏感的事情?他是根据什么来写大秦历史的?难道全是道听途说?《史记·项羽本纪》记载道:"项羽引兵西屠咸阳,杀秦降王子婴,烧秦宫室,火三月不灭,收其货宝妇女而东。"难道大火烧了三个月,还能给你留下点什么东西?云琅很想问问是什么样的大火能烧三个月不灭。据记载,火烧咸阳是在秋季,难道三个月中就不曾下过一点雨,而任其烧三个月?除非项羽隔几天就放一次火!项羽对始皇帝的仇恨很深,灭国之仇用什么样的手段来报都不为过,按理说项羽会挖掘始皇陵,可也没见司马迁记载项羽是否挖过始皇陵,而他对始皇陵内部的描述却如此详细,云琅非常惊讶。他记录得非常详细,却未记载兵马俑场面如此宏大,这是何道理?

　　云琅的脑子转个不停,看事物的眼光趋于理性,眼前这一幕幕恐怖的画面对他就造不成多大的困扰了。从那些人俑的背后走过时，云琅有时候会不小心碰到人俑身上的武器，有些佩剑的带子已经腐朽了，稍微碰撞一下武器就会当啷一声掉下来。云琅穿过那一队人俑军队，当啷声不绝于耳。

司马迁的一些记录看样子也是有问题的，很多经不起考究。他用写故事的方式写出来的《史记》被称为"无韵之离骚"，虽然很美，到底还是多了一些演绎的成分，少了几分学问研究上的严谨。

云琅穿过那一队军卒之后，眼前就空荡荡的，只有一些人脑袋大小的石块散乱地堆放在垛堞口子上，墙头还用木架子堆积着一些快要腐朽的木料。云琅如果用刀子砍断上面的绳索，这些滚木、礌石就会从城头倾泻而下。云琅行走得更加小心，他很怕一不小心触碰了这些快要散架的防守工事，把守在城墙下边的太宰弄死。

"你躲远一点，城头上很危险，上面有滚木、礌石，架子已经腐朽了，稍微碰一下就会掉下去。"云琅大声地对城头下的太宰喊道。

"好，我离开了，你自己小心，别掉下来！"

云琅脚下一滑，摔了一个大跟头，火把也脱手了，两只手掌摩擦在石板上，火辣辣地疼。他连忙爬起来，捡回火把，瞅着不远处的绞盘继续想：汉高祖刘邦斩白蛇这样的神迹，明明是不符合事实的，顶多刘邦就杀掉了一条蛇，为什么司马迁还会把种种神迹安在刘邦的身上？很明显，司马迁在记录这些事情的时候依靠的是传说与口述历史……"所信者目也，而目犹不可信；所恃者心也，而心犹不足恃。"云琅絮絮叨叨地背诵着孔子跟颜回说的话，烦躁地把倒在绞盘上的一具人俑推开……

云琅刚刚推开人俑，绞盘就嘎吱嘎吱地动起来，支撑绞盘的圆木忽然碎裂开来，巨大的绞盘向外倾倒，一根暗红色的木头楔子猛地从中断开，缠绕在绞盘上的铁链子明明都锈蚀在一起了，却忽然滑动了，带着一个巨大的绞盘飞舞起来。城墙隐隐有些摇晃，不大工夫，就听见轰隆一声巨响，城下尘土飞扬。

太宰呛咳着道:"好了,你慢慢下来,千斤闸放下来了。"

云琅趴在地上,耳朵里全是绞盘在半空里飞舞的巨响,才听见绞盘落地的声响,就看见城头上堆积的滚木、礌石雨点似的从城头倾泻了下去。那些原本被摆列成队伍的人俑也纷纷摔倒,磕在坚硬的条石上,摔得四分五裂。云琅小心地举着火把从垛堞上方探出头去,只见太宰就站在距离城墙不远的地方,努力地高举火把,希望能看见云琅。云琅从竹梯子上爬下来,跟太宰一起坐在城门口发呆,他们两个只想把千斤闸放下来,并没想毁掉咸阳城的防御工事。

太宰支起身子叹口气道:"走吧,今天在这里耽搁得足够久了。"他没有责备云琅,很认命地以为这就是上苍的安排。

两人又多了一项工作,那就是清理城门口的滚木、礌石与那个碎裂的金人……

再一次见到老虎的时候,老虎却不愿意凑到云琅的身边。虽然它很想跟云琅亲热,可是,云琅身上散发出的一股子古怪的酸味,让它灵敏的鼻子非常难受。

太宰见云琅自己也在抽鼻子,就笑道:"用醋浸泡衣衫可以防尸毒?你从哪儿学来的?"

云琅笑道:"自己创造的,觉得醋是一个好东西,一时冲动,就倒在身上了,看样子不怎么招老虎待见,下回用烈酒试试。"

太宰疲惫地朝云琅挥挥手,也不言语,就孤身下了山。他知道,云琅必定是要去洗澡的。

第一二六章 被人尊敬的感觉

云琅想多留太宰一段时间!

太宰身上的死气浓郁得可怕,只要看看他坐在泥人堆里那副自得其乐的样子就知道,活着对他来说已经是一种负担。后世有一种说法,叫作必死之人如果能够平安幸福地离去,也是一种幸福,至少直到临死的那一刻,他的生活质量很高。因此,一些患有不治之症的人会签订一种协议,希望自己不要被医院过度地抢救。云婆婆就是这种人,而云琅最后悔的就是没有把云婆婆多留在世上一段时间,以至于云婆婆去世之后,他几乎崩溃。现在,太宰也是这个模样,云琅当然不会甘心,只要能让太宰多活一天他就要为之努力一天,哪怕这样做非常自私,他也不肯放手。

曹襄在泡温泉的时候遇到了云琅,他没有问云琅一天一夜不见人去了哪里,云琅自然也不会问他跟阿娇之间的斗争到底进行到了哪一步。每个人都有隐私,各安其便最好。

"材官将军韩安国死在了右北平的任上,这事你不知道吧?"曹襄趴在属于他一个人的温泉池子边上,对躺在另一个池子里的云琅道。

云琅摇摇头道:"不知道,倒是听说过韩安国这个人。"

曹襄喝了一口羊奶道:"好人才总是死得很快,没用的人倒是活得跟老虎一般勇猛。"

云琅笑道:"人才一般都会被用在刀刃上,你什么时候看见刀背上有缺口?"

曹襄笑道:"是这个道理,所以你不愿意当人才是不是?"

云琅喝一口泡在温泉里面的米酒,笑道:"我本来就不是人才。你这样的人才是,等你身子养好了,陛下就该多重用你了。"

曹襄笑道:"好好的话从你嘴里说出来,不知怎么的就带着浓浓的讽刺之意,弄得我都不好接话了。"

云琅摇头道:"真的没有讥讽之意,我是真的佩服你们这些保家卫国的人。我没本事保家卫国,对有这种本事的人从不敢有看不起的意思。"

"当文官也没见你有兴趣啊!"

"你把我看成一个泥腿子就很合适,千万不要拔高了。钻营了一个军司马,就是为了日子能好过一些,不至于被胥吏豪强欺负,没有别的意思。"

曹襄又喝了一大口羊奶,苦笑道:"我母亲说你看不起大汉的人……"

云琅悚然一惊,然后笑道:"我有什么资格看不起?"

曹襄想了想道:"我也觉得我母亲说得没道理。"

云琅大笑道:"这就对了。"

两人正说着话,孟大脑袋上顶着一只鸭子走了过来,他把手里提着的篮子往云琅身边一放,脱得赤条条地跳下池子,对篮子跟前的鸭子道:"看好我的衣衫。"

云琅跟曹襄一起瞅着孟大怪异的行为,不知道说什么好,却听孟大一本正经地给他俩介绍道:"红鸭子家的老大。"然后就舒坦地坐在温泉池子里,哼着没人能听懂的歌,看起来心情极好。

过了片刻,孟二也来了,他怀里有一只灰鸭子……"鸭子今天的食量很好,我拌了一些麸皮、野草,它们全部吃光了。这几天准备继续减少麸皮的用量,添加更多的野草跟虫子,等到鸭子不再需要用粮食饲养的时候,鸭子就该能大量地饲养了。"孟二同样让鸭子帮他看好衣衫之后对云琅道。

孟大脑袋上顶着一块麻布,闭着眼睛道:"冬天的时候鸭子就该产蛋了,这些蛋不要吃,留着孵化。鸭子不成群,就扩散不成了。"

曹襄呆滞地瞅着云琅,这两位如果不是行为表现得那么极端的话,这些话放到哪里都是金玉良言。

云琅耸耸肩,从孟大的篮子里取出半块锅盔啃了起来。这东西也是这两兄弟亲手制作的,原因就是他们喜欢吃。

一个智力上有缺陷的人,如果知道把自己洗得干干净净,衣服穿得整整齐齐,再有一点谋生的本事,那就很了不起了!孟大、孟二就是这样的,在云琅用棍子把两人喜欢含糊说话的毛病改掉之后,不知道底细的人只会认为这两兄弟爱鸭子成癖,属于怪人,绝对不会把他们归类为傻子。想一下啊,一个人,穿得干干净净地站在你面前,口齿清晰地跟你讨论鸭子的饲养跟培育,并且拿出自己亲手制作的酥香的锅盔,端来滚烫的茶水招待你,你会认为他是傻子?如果你对养鸭子一无所知,这时候,到底谁才是傻子?既然孟大、孟二除了养鸭子、养鸡、养鹅,对别的事情都一窍不通,干吗要跟你讨论国家大事?这世上有人爱竹成痴,有人爱鹤成瘾,更有人把梅花当老婆,把仙鹤当儿子,那么喜欢鸭子跟鹅有什么不对的呢?这就是云琅这些天教孟大、孟二兄弟的全部内容。

曹襄擦干身体穿上衣衫,愉快地活动一下双臂,对云琅道:"这就是你解决他们愚痴的方法?"

云琅把头发扎起来随意地垂在脑后,很女性化地扭扭脖子,笑道:"不好吗?"

曹襄叹口气道:"我还能说什么?刚才听他们两兄弟谈及扩大鸭子饲养种群范围的时候,我更像一个傻子!连傻子都变得聪明起来了,这世上的聪明人好像一下子变多了。"

云琅笑道:"怎么,在阿娇那里吃亏了?"

曹襄点点头道:"今日里阿娇把话说清楚了,可以把长门宫卫借给我,却不能送给我……"

云琅看着曹襄道:"你要开始忙碌了?"

曹襄点点头道:"是的,长门宫卫已经四年未曾操演了,如今不知道他们还剩下几分战斗力,必须重新训练啊。阿娇其实也是看到了这一点,才同意把长门宫卫借给我使用的。她不用出一个钱,将来就能得到一大队精悍的武士,便宜都被她占尽了。"

"你怎么这么急啊?"

泡过温泉之后,人就会体乏无力,曹襄这种大病初愈之人更是如此。见前面有一个长条凳子他就坐了下来,吩咐童仆取些酒水过来,准备跟云琅长谈。

"韩安国死了,材官将军的位置空出来了,我想要这个职位,可是,郎官令李息也想要这个职位。我母亲为我奔走,陛下犹豫不定,这个时候我必须表现出一些配得上材官将军的才能,你说,我该怎么做?"

云琅瞅着笼罩在晚霞中的骊山,笑道:"你想表现哪些才能?"

曹襄道:"总该表现一下领兵才能吧。"

云琅见曹襄底气不足,就笑道:"在这一点上,你比李息强?"

曹襄摇摇头道:"李息堪与李广比肩,我即便再对李息不满,也不能说违心的话。"

云琅拍拍曹襄的肩膀道:"你要是这么想,这个材官将军的职位就跟你无缘了。不管李息以前是什么人,现在他是你的竞争对手,对手可以尊敬,但只能放在心里，不能说出来。如果陛下知道你如此推崇李息，那还想什么啊？直接任命李息就是了，连你都自认不如李息，陛下为什么要选你？"

曹襄认真地看看云琅道："我知道。我想陷害李息，你觉得怎么样？"

"会害得李息被抄家灭族吗？"

"不至于，但总要他只能躲在家里避灾，不能站出来跟我抢这个材官将军才成。其实……我已经开始干了，就是怕你看不起我，才想问问你的意见。"

云琅不由得心头一暖，再次拍拍曹襄的肩膀道："你的意思是，如果我反对，你就会终止对李息的陷害？"

曹襄瞪大了眼睛道："那怎么可能！开弓哪有回头箭！"

第一二七章 感同身受

原野自然是空旷的，这个空旷是人类认为的，其实原野上很热闹，不但有高大的树木、低矮的灌木，而且油蛉会在草丛里高歌，螳螂会在草叶上决斗，两条缠绵的蛇从地平线这边一直纠缠到地平线消失的地方。原野从未寂寞过，只不过是人类将自己的寂寞强加给了原野。

云琅站在麦田里，用钩镰收割着麦穗。这个活计很辛苦，尤其是要在广袤的麦田里挑选最茁壮的麦穗，这对有强迫症的云琅来说简直太难了。只要看到一穗比较茁壮的，他就犹豫，想着后面是不是还有更大的，以至于他顶着大日头在麦田里来回走了三遍，背篓里的麦穗依旧少得可怜，而且，这些麦穗并非整块田地里最大的。相反，孟大、孟二的收获就好得多。他们只要看见一穗超乎其余麦穗的，就会欢呼着割下来，一个上午下来，欢快的两兄弟收获满满，他们挑选的种粮居然是最好的。至于云琅，已经快被其他所有人瞧不起了。

"你们懂个屁，只有上等人才会如此严谨！少爷就是这么一个人，他不要最好的，不要不好的，只挑选中间的，这就是少爷经常说的中庸之道！"听了梁翁的一席话，众人才恢复了对云琅的敬仰之情。

这话自然是屁话！种粮自然要挑选最好的，把按照什么中庸之道选择出来的种粮播种下去，明年大家可能就要饿肚子了。

"我们还是挑选最好的，这一点不要学少爷，少爷聪慧，他轻易就能办成的事情，我们需要很久……"

云琅皱着眉头比量着自己采摘的种粮跟孟大采摘的种粮之间的区别。其实没什么好比量的，孟大采摘的种粮明显比云琅采摘的大，麦粒还饱满……这种事情还是交给心思单纯的人去做，自己就算了。专注是一个很优秀的品质，尤其是面对眼前将要开展的"生物工程"，更需要持之以恒永不放弃的精神，因为培育种粮是一个极其漫长、极其无聊的过程。

云家的"生物工程"很快就进行了，过程非常简单，挑选最大的白菜杂交，然后收种子，然后再种下去，把这个过程锲而不舍地进行下去，云琅认为自己迟早能种出十几斤一棵的大白菜。如果从麦田里挑选最茁壮的麦穗，将它种下去，明年再挑拣最大的麦穗，继续种下去，迟早有一天，云琅会种出亩产五百斤的麦子。

这个思想在云家传播开来之后，孟大认为，把鸭子跟鸡关在一起，它们就会生出一种新的家禽——鸡鸭！当然，孩子们对孟大的说法笃信不移，他们不但相信，而且已开始做了，唯一改变的地方就是，孩子们把鸡跟鹅关在了一起——孟大的想法太蠢，为什么不直接制造一种叫作鸡鹅的家禽？很明显，鹅比鸭子大太多了……

"你上回骂我什么来着？"

"傻×！"

"就是这个傻×！我记了好几次都没记住，今天算是记住了，如今，你云家庄子里全是这种傻×！"曹襄端着一个巨大的碗吃凉面，见云琅从外面疲惫地回来了，就笑吟吟地"夸奖"云家全庄子的人。他如今大病初愈，饭量大得吓人。以前他吃进肚子里的东西全部养了虫子,现在他吃进去的食物开始滋养身体了,所以,一个翩翩佳公子已经逐渐有了雏形。他准备再多吃一些,至少要变成能披挂三五十斤重的铠甲挥舞着马槊杀敌的壮汉。

"别人笑我太疯癫,我笑他人看不穿。不见天下诸侯墓,无花无酒锄作田!"云琅笑吟吟地把唐寅的诗胡乱改动一下念了出来,然后把背篓里的麦穗倒在太阳地里,小心地铺平,"饿死爹娘,不动种子粮",这东西可不敢大意。至于曹襄看不起云家正在进行的"生物工程"实验,这跟他身为古人见识浅陋有关,不好过多计较。

"这几句顺口溜不错,下回再看到别的傻×就念出来,应该很不错。对了,你准备一下,我母亲明天就要到了,她想感谢一下你,带来了不少礼物!"

云琅一听长平要来,一张脸顿时就抽成了包子。他指着忙碌的仆妇们道:"秋收就要开始了,你母亲这时候来添乱干什么?去年的遭遇忘记了?要是再来一场大雨,一年的辛苦就白费了。"

曹襄笑道:"没法子,御史大夫李息在太皇太后驾崩的时候敦伦的事情被人掀出来了。在举国举哀的日子里造人,这是对太皇太后的大不敬,陛下认为他行为有失检点,就罚他为太皇太后守陵一年。"

"这样也有罪?"

"本来没事,被掀出来就有事!"

"谁偷看了人家夫妇敦伦?"

"不用偷看,他儿子李勇就是证据,哈哈哈哈哈……我母亲来云家庄子,其实不在你家停留,丢一堆礼物给你就去长门宫!"

"这么说,你母亲准备跟阿娇摊牌?"

"对啊,阿娇身为长辈欺负了我这么久,赢了我那么多的银钱,总要给一个交代吧?我是晚辈,被长辈欺辱了只能忍气吞声,我母亲就没有这个顾忌了,哪怕是去了一言不发,阿娇也理亏!"

"我记得是你心存不良啊！"

"对啊，可是我母亲不知道啊。我一个浪荡子拿家里的钱出来赌博不学好，阿娇身为长辈，不但不规劝，反而以长辈的身份害我输钱，这样的事情，我母亲难道不该过问一下吗？"

云琅挠挠下巴，瞅着曹襄道："跟阿娇的遭遇比起来，长公主殿下还真是没有坑我！"

曹襄冷笑一声道："确实如此，你如果多知道一些我母亲的故事，你就会觉得她是真的把你当亲近的晚辈在爱护！"

云琅怜悯地瞅着曹襄道："在你母亲这样的关怀下，你能活到今日，真是苦了你了。"

曹襄放下手里的饭碗，叹息一声，道："我母亲嫁去卫家的前一晚上，拥抱着我流了一晚上的眼泪，我开心得几乎要昏过去了，脸上却要带着悲伤的神色，你知道那有多难吗？"

云琅拍拍曹襄的手道："感同身受啊！"

曹襄挺起胸膛道："母亲是在我得病之后才嫁去卫家的，估计是她想再生一个身体完好的孩子吧。"

云琅笑道："你一定想错了，你母亲与卫青的婚事是陛下所赐，她没有选择的余地。"

曹襄忽然笑了，连连点头道："一定是这样的，一定是这样的，我是她最心爱的儿子！"

云琅大笑道："必定如此！"

曹襄从身后拿出一坛子酒道："我今天想喝点酒成不成？"

云琅想了一下道："我喝九成，你只能喝一成。"

"好啊！"曹襄说着就拍开坛子上的封泥，举起坛子咕咚咕咚大喝起来！

第一二八章 强悍的西汉贵妇

到了诉说心里苦楚的地步，两人就算是真的成朋友了。

同仇敌忾之心却没有那么容易共同建立起来，因为曹襄是绝对的受益者，而且长平是他亲妈。

长平来的时候，霍去病、李敢也来了。秋收时节，军伍中也放假了，当然，仅限于家在长安三辅的人，而且必须得是军官才成。

"吃了一个多月的猪食……"李敢悲愤地对云琅道。

云琅还没来得及同情李敢，就听霍去病道："此事仁者见仁，智者见智。公孙敖认为吃猪食有利于战斗力的提高，我们身为属下，遵守就是了。如果真的想吃好饭食，等自己成了将军再说。"一个多月没见霍去病，云琅觉得这个家伙似乎长高了一些，那对可笑的卧蚕眉也变得有了一些棱角。

关中尽出美男子，不仅仅是霍去病长得精神，李敢也是周周正正的国字脸，而云琅跟曹襄两人就显得有些阴柔。尤其是曹襄，刚刚长出来一点身形，站没站相地杵在那里，前挺后撅，如同一个正在招揽客人的青楼女子。长平看得欢喜,也不顾云琅他们在场,就揽着儿子的腰上上下下地打量,不仅如此,还上上下下地乱摸。曹襄害羞极了,因为云琅、霍去病、李敢三人正龇着白牙笑嘻嘻地看着他。

"还是瘦弱!多吃些!马车里就有母亲从宫里要来的补药,好好地进补一番,我儿还是那个最俊美的少年曹襄!"长平说着,还把儿子拉到云琅、霍去病、李敢三人中间,看看这个,看看那个,见四个少年个个英气勃勃,就满意地点点头道,"这才是我大汉的好儿郎!"

云琅笑道:"别用补药,只要食物吃得合适,就是最好的补药,那些有乱七八糟功能的药材,只会坏事。襄哥儿的身体现在已经见好,只要继续坚持,就能有更好的结果,这时候抄捷径可不是一个好主意。"

对儿子目前的身体状况极为满意的长平,拉着四个少年人说了一会闲话,就把目光落在远处的长门宫。"跟我走!"长平说着把裙摆挂在腰际的金钩上,迈开腿径直向长门宫走去。这一次,她可没有走大门的兴致。

曹襄冲云琅做了一个鬼脸,云琅心领神会地拖着李敢,跟在霍去病的身后,也向长门宫走去。

大长秋远远地就接到了护卫们的禀报,匆匆站在跟云家毗邻的地界,笑吟吟地施礼道:"奴婢见过长公主!"

长平清冷的声音从嘴里吐了出来:"领路!"

大长秋似乎非常享受这种待遇,轻笑道:"阿娇刚才在午睡,听说长公主来了,正在梳妆!"

云琅偷偷地瞅了一眼长平,发现她的脸上没有任何表情。也不等大长秋领路,长平自己先开路了。

可能跟太宰混在一起时间比较久的缘故,云琅对阉人没有任何歧视,在两家边界处种植粮食的时候早就跟大长秋混得很熟了。见大长秋疑惑地看着自己,他就小声道:"小的被娘娘害惨了,人家母亲就打上门来了。"大长秋嘿嘿一笑，似乎并不在意。仅从这一点来看，人家阿娇并非没有心理准备，今天应该能看到一场好戏。

长公主对废后，这场面很稀罕。

很遗憾，两人见面没有火星撞地球一般的火爆，唯有笑语轻言，交情莫逆得如同一对亲姐妹。

"妹妹还是清减了一些，这样也好，阿彘也不喜欢过于轻盈的美人儿，现在刚刚好。"长平拉着阿娇的手打量过后，关切的话说得情深义重。

阿娇可能领会错了意思，一边拉着长平的手往楼阁里走，一边道："刘家人大多薄情寡义，曹家人呢又是个短命的，你平时应该多做一些善事，多求求神灵，好保佑曹襄福寿安康。"

两人脚步不停，直接去了阿娇的卧房。据说阿娇有一件了不得的衣衫要穿给长平看，想请长平把把关，看看自己穿上这件衣衫之后能否打动刘彻那颗冷酷的心。

曹襄跟阿娇即便再亲近，这时候也不能随意进入阿娇的卧房。云琅、霍去病、李敢更是不敢放肆，哪怕云琅非常想看两个大人物吵架，他也不敢进去。就在刚刚，一个嫌弃另一个以前长得胖，才失去了帝心，另一个就诅咒对方，守寡再嫁，儿子没好下场。恶毒的意思用美丽的话语说出来，就显得更加没人情味。

曹襄似乎对母亲有着非同一般的信心，背着手站在厅堂里面打量这里的陈设。而云琅、霍去病、李敢三人则在认真研究放在架子上的一个巨大的贝壳，贝壳里面装满了珍珠，被午后的阳光一照就暗光流转，漂亮得仿佛不是人间之物。

"十万钱能买下来不？"云琅羡慕地问大长秋。

大长秋从里面掂出一颗鸽子蛋大小的珍珠放在云琅的手上，道："拿好，别丢了，这就是十万钱。"

霍去病一脸的怒容，觉得自己的朋友被人羞辱了，李敢也觉得很尴尬。唯有云琅安然地将珍珠揣进怀里，拍拍珍珠所在的位置，道："一定不会丢，就算是你想要反悔，也晚了，现在这颗珍珠是我的了。"

大长秋哈哈一笑，看着云琅道："四个少年人里面，就你最有意思。"说完就走进了阿娇的卧房，估计是帮主子跟长公主吵架去了。

霍去病正要喝问云琅为何如此没有骨气，就看见曹襄以迅雷不及掩耳之势从贝壳里捞了一把珍珠，迅速地揣进怀里，脸上一丝羞愧的表情都没有。做完这些之后，他还凑到站在角落里的婢女面前道："敢说出去，耶耶揍死你。"

霍去病的一张脸顿时就成了黑炭，他拉过曹襄怒道："欺辱一个下人算什么本事！"

曹襄笑道："这些珍珠本来就是我的，是被阿娇赢走的，人家把珍珠摆在这里，就是打算让我母亲难堪的。也就是说，人家已经准备把这些珍珠还给我们了。那个该死的老宦官给云琅珍珠，其实就是在慷他人之慨！东西进了我母亲手里，你觉得还有我什么事情？不趁机拿回来一点，还等什么？我威胁这个侍婢，不准她告诉我母亲，这有什么错？"

霍去病听曹襄这么一说，一张黑脸终于恢复了正常。曹襄说得没错，钱财只要进了长平手里，基本上就算是进了貔貅的嘴里，还能指望那东西吐出钱财？

李敢小心地指着另一个桌案上一棵小小的红色珊瑚宝树，问道："那也是你家的东西？"

曹襄无奈地叹口气道："你说呢？"

李敢闻言大喜，上前就把珊瑚装进盒子里，用腰带绑在背后，看样子是不打算解下来了。

长平跟阿娇终于从屋子里走出来了，二人依旧是手拉手的亲热模样。

"长门宫卫已经荒废良久，就拜托曹襄好好训练他们一下，阿娇铭记五中。"

长平笑道："你是曹襄的长辈，有什么过不去的事情就告诉他，晚辈自然没有白拿长辈的好处却不报答的道理。"

大长秋笑吟吟地命人将厅堂里的东西全部装箱，目光从那个大贝壳上掠过，就皱着眉头看云琅。这种锅云琅自然是不肯背的，他用手指指曹襄，大长秋就扑哧一声笑了出来，然后继续指挥婢女把宝贝装进箱子。曹襄要偷他自己的东西，大长秋自然不会说破，只是觉得非常有趣。

第一二九章 论阿娇

"长平挟卫青在雁门关外大胜之威，带着四个英气勃勃的少年英杰，以水银泻地般的进攻，让阿娇这个失去皇帝庇佑的废后不得不低下她高贵的头颅，乖乖地将赢走的钱财全部归还，而且在自己家的大堂上，还屈辱地订下了一系列耻辱的不平等条约，曰'长门条约'。其内容纷呈，其中有一十八条内容最让人无法接受。然，长平兵临城下，阿娇不得不乖乖低头，任人鱼肉！现在就让我们以热烈的掌声欢迎当事人——平阳侯曹襄为我们仔细解说条约内容，以及订下这些条约对他以后的仕途有何帮助！"云琅端着酒杯站在二楼上，向其余三个东倒西歪的少年人侃侃而谈。

果然是知母莫若子，在曹襄极度失望的目光中，长平毫无道理地将那些原本属于平阳侯府的财物统统带回了家，如同当初拿走云琅可怜的一百万钱一样，美其名曰"保管"！

在霍去病、李敢热烈的掌声中，曹襄满意地喝了一口羊奶，笑道："此次之所以能够大胜，与诸位兄弟的倾力帮助是有很大关系的，其中羽林军司马云琅、羽林郎李敢偷窃之事可称点睛之笔，两个傻×顺手牵羊地弄走了我不少好东西！去病，你给评评理，我母亲把我的钱拿走也就算了，为什么他们两个也拿？"

霍去病端着酒杯靠在老虎的肚皮上，舒坦地打了一个哈欠，道："据我所知，他们下手的时候，那些东西还属于长门宫。也就是说，他们拿的是长门宫的东西，只要长门宫的人不追究，你有什么资格去问人家？"

李敢嘿嘿笑道："乱世好发财啊，今日的场面耶耶一辈子也遇不到几次。说起来，我们几个人里面，以阿琅的心思转得最快，耶耶还没弄明白是怎么回事的时候，他已经通过试探大长秋弄到了一颗珍珠，从而为我们兄弟发财铺平了一条大路。佩服，佩服！"

霍去病又笑道："说起来，阿娇这个人还是很不错的，只是被娇惯坏了。她自出生就被天下最尊贵的人奉为掌上明珠，不论是窦太后，还是先帝，哪一个不是掏心掏肺地对她好？我要是生活在她所处的环境中，可能比她还要骄纵一些。人人都说阿娇跋扈，很多人却忘记了，就是因为有阿娇，他们在陷入死地的时候才有一线活命的希望。那些年，被阿娇拯救的勋贵还少了？有些固然是出了钱的，有些却是阿娇仗义执言帮忙的。据我所知，只要阿娇愿意组建自己的班底，那些受过阿娇恩惠的人定会死心塌地地追随。可是，阿娇帮完人之后就忘记了那些人，她觉得自己是天空中的金凤凰，没必要记得自己随手救了谁。即便如此，在阿娇被废后的那一天，依旧有两位老臣碰死在宫门前，那可是两位自命清高的老臣，不是用一点金银权势就能收买的人。阿襄，你在从阿娇那里得好处的时候一定要注意一个度，千万不要过分。我很担心，你若真正惹怒了阿娇，后果会非常严重。"

曹襄苦笑道："我母亲的性格你不是不知道，她如今嫁入了长平侯府，你舅舅、姨母跟阿娇就是死对头，毕竟，阿娇之所以会沦落到今日这步田地，跟你们家是有很大关联的。我母亲一向是吃谁家饭帮谁家说话的，所以啊，你就不要想着我母亲能跟阿娇好到哪里去,能维持目前的局面已经很不容易了。"

霍去病哧地笑了一声道:"谁告诉你是我的姨母皇后害阿娇走到这一步的?阿娇自己都不愿意承认。当初阿娇走出皇后寝宫的时候,可是将凤冠当作废物一样丢给我姨母的,说什么身为女人,谁能比她好。她还站在空庭里面指着皇帝所在的方向大骂了足足半个时辰,说陛下有眼无珠,自甘下贱,居然宠爱一个女奴!人家自始至终就没看得起过我姨母,还谈什么仇恨?依我看,哪怕是陛下的废后诏书已经下了,只要阿娇肯在皇帝面前低头认错,这事八成就过去了,她依旧当她的皇后,哪来后来的那么多事情?"

霍去病就是这个样子,他一向把自己从事件里面剥离,站在一个旁观者的角度看问题。云琅对他的分析向来信服,只是这家伙少年心性,一旦跟某人交好就掏心掏肺说话的习惯,云琅觉得应该好好改改。人生是一个漫长的过程,朋友想要一路相互扶持着走下去很难,有地位的人更是如此,有些时候,事情的发展并不以人的意志为转移。

曹襄尴尬地拍拍脑门道:"这么说,这一次我做得有些过分了?"

云琅摇头道:"阿娇依然是直率的性子,如果她觉得你的行为是她不能接受的,她会很自然地拒绝,她既然已经答应了,这说明她并不在意。好好地待那些长门宫卫吧,我想,阿娇不会再把那些人收回来了,她现在有点心如死灰的意思。"

李敢点点头道:"听说阿娇千金买赋,从司马相如那里弄来了一篇《长门赋》,皇帝听了之后潸然泪下,匆匆来到长门宫与阿娇见面。两人相会一晚之后,皇帝就离开了,再无下文,听说他们相处得并不愉快。"

云琅叹息一声道:"两个性格刚强的人在一起,谁都不愿意低头做小,就很难相处融洽了。"

曹襄皱眉道:"《长门赋》很幽怨啊,还有无穷的悔意!"

云琅笑道:"言为心声,如果那篇《长门赋》出自阿娇之手,自然可以作为衡量阿娇心性的一个依据。只可惜，那篇文章是司马相如写的。那是一个很会写文章、能敏锐地把握皇帝心思的人，他按照阿娇的处境、皇帝的心境写的文章，如何能不打动皇帝？"

霍去病皱眉道："女人真是麻烦。过几年，如果岸头侯家的女儿也是这般模样，我会被烦死。"

李敢躺在光可鉴人的地板上，手里把玩着老虎粗大的尾巴道："娶老婆就该娶贫民小户人家的闺女，这样的闺女一旦娶回家，家里还不是耶耶说了算？我算是看出来了，这辈子不打算在这种事情上怄气。"说着转过头瞅着云琅道，"喂，阿琅，你打算睡一个女人就起一座楼吗？如果是这个样子，我觉得你家的地不够啊。我要是学你，将来可能会把阿房宫盖起来的，去病跟阿襄也是这样，你算算，上林苑得有多少地供我们盖四座阿房宫？"

曹襄没好气道："不学无术之辈，阿房宫是一个宫殿群，可不是一座。不过啊，话说到这里，今年的秋收节我们怎么过？"

听曹襄说起秋收节，李敢一骨碌坐起来，两眼冒着金光，拍着地板大叫道："今年有吴越之地的歌姬献舞，听说吴越自古出美女，我们不可不去！"

少年人的聚会就是这个样子，前一秒钟还在为阿娇鸣不平，下一秒钟脑袋里就装满了对吴越之地美女的各种幻想。

老虎是不会在乎美女美不美的，天气太热，这座楼房里有穿堂风吹过，最凉爽不过了。它抬头看看四个乱喊乱叫的少年人，重新把脑袋搭在爪子上睡觉，这个季节去找母老虎，那是傻子才干的事情。

阿娇觉得浑身燥热，坐在窗前瞅着远山，不住地挥动手帕扇风。侍女在的时候她觉得烦闷，侍女不在的时候她又觉得燥热。无意中看到云家的一群小仆役脱得赤条条地往溪水里跳，她就忍不住扬声道："长秋，我要在家里挖水池！"

第一三〇章 阿娇的大水池

挖水池可是一项大工程！

尤其是阿娇要的水池非常大，她随手比画一下，大长秋的一张老脸就扭曲了起来。因为阿娇比画的方式很夸张，从这座楼到远处的柳树，足足有三十丈，按照阿娇比画的宽度，大长秋觉得如果没有十五丈宽，无论如何也配不上阿娇拖出的长音……阿娇要的水池自然不是一般的泥水坑——地下不能渗水，不能硌脚，边上不能有泥土弄脏身子……最重要的是必须漂亮！

大长秋头大如斗！

秋收的时候，谁有时间出来当工匠？工匠现在也在自家的田地里忙碌着呢。至于官府的匠奴，现在正在给皇帝修建陵寝，这东西从皇帝登基的那一天就开工了……阿娇在最不合适的时间，提出了一个最不合适的要求。大长秋没有告诉阿娇这么做不合适，这位祖奶奶做错的事情实在是太多了，在秋忙的时候挖水池只是一个小得不能再小的错误。

云家依旧在大兴土木，长平侯府家的匠奴们很卖力，云家的小楼初具雏形,长长的围墙已经完成了将近一半。大长秋跟云琅商量,能不能让那些给云家干活的匠奴先给阿娇把池子挖了。阿娇从来就没有什么耐性,一旦施工晚了,她可能会发脾气。

云琅仔细听了大长秋的解释,笑道:"我这里没有问题,可是,匠奴是长平侯府跟平阳侯家的人,小子无权动用。曹襄就在对面的小楼上,要不您去问问他?"

大长秋笑着摇摇手道:"曹襄是一个聪明的孩子,当然会做出最聪明的选择,只是老夫害你家里的工地停工,多少有些过意不去。"

老太监的品性很好,说话不疾不徐的,也很有道理,尤其是老家伙笑眯眯地瞅着楼下仆役们用饭的场景,脸上满是向往之色,看来,这顿饭不请不行了。凉面很好吃,卖相也好,小葱跟绿菜覆盖在淡黄色的面条上面,很好看,如果有油泼辣子,颜色会更好的。一小盘猪耳朵,几片卤肉,几片生卷心菜上抹了黄豆酱,再加上一壶冰凉的米酒,就是云琅宴请大长秋的所有菜品。很明显,大长秋这种老人很喜欢面食这种容易消化的食物,哪怕是卷心菜他也吃得香甜。

食不言寝不语,这是老宦官坚守了一辈子的规矩,一顿饭吃了半炷香的时间,一点食物都没有剩下。红袖给老宦官送温水漱口的时候,老宦官却看了一眼红袖的面容,点点头道:"来家的孩子啊,规矩很好的。"说完又看了云琅一眼。云琅叹口气,指指天空,然后就不再多说话。

大长秋慢悠悠道:"雷霆雨露均是君恩,吾辈凡人受着就是了。"说完就开始慢慢地品鉴云家的米酒。

曹襄睡醒的时候才知道大长秋来了,赶紧来到云琅的客厅,听云琅说了事情的经过之后连忙笑道:"不妨事,长门宫卫们现在正好被我召集起来了,先不忙着练兵,先开挖水池就好!"

云琅吃了一惊,道:"你不怕引起兵变?"

曹襄咬牙道："他们还没有这个胆子。这几年下来，长门宫卫们少了调教，沾染了很多的坏毛病，正好利用他们服苦役的机会打磨一下，堪用的留着，不堪用的除籍！等他们挖好池子了，秋忙也就过去了，你家的小楼跟围墙也修建得差不多了，正好备下石料，让工匠们做最后的修缮。"

两人说话的工夫，大长秋出去了，等他再走进来的时候，后面跟着红袖，红袖手上提着一个竹子编制的食盒。大长秋先是朝云琅笑了一下，然后对曹襄道："安排好了没有？明日能开工吗？"

曹襄讪笑道："再给晚辈两天时间准备，总要把人从阳陵邑弄过来才好开工。"

大长秋面无表情道："那就三天，三天后如果不动工，老朽就去找陛下要工匠。"

云琅笑道："其实啊，应该在水池边上栽种一些垂柳，另外，在水池的另一边可以挖两个小一些的池子，种些芙蓉还是很好的。再从云家弄一些肥鹅、鸭子养在里面，可以肥水，也能养些鱼，闲来垂钓很不错。"

大长秋点点头，觉得云琅说得很有道理，阿娇就是因为太寂寞了，才会脾气暴躁的，环境好一些，对她修身养性极好。"既然如此，云司马不妨再看看，这座池子还需要如何装扮一下才好。"

在曹襄幽怨的目光中，云琅大包大揽了设计的工作，约定明日勘察过长门宫地形之后再做具体的设计。大长秋跟云琅商量好时间，就由红袖提着食盒随他一起去了长门宫。

目送两人远走，曹襄用肩膀碰碰云琅道："他把你家的漂亮侍女给拐走了。"

云琅笑道："他们似乎认识，估计有什么话要说，去就去吧！"

"上回我们耍那个扁球的时候，我问你要这个侍女伺候起居，你干吗拒绝得那么干脆？"

203

云琅恼怒地看着曹襄道:"大长秋是宦官,你是色鬼,难道你心里就没点数吗?"

曹襄笑道:"你家的胖丫头丑庸哪里去了?好些天没见到她了。"

云琅叹口气道:"她跟褚狼去了阳陵邑,帮我看守城里面的宅子,明年开春,他们就要成亲了。"

"我以为你把她给埋了呢。主家召唤竟然敢不上前,这样的家仆要她干什么?"

云琅认真地看着曹襄道:"你家是侯府,是平阳侯府,那座府邸里满是你祖先的荣光与记忆。你要做的就是不让祖先蒙羞,并且将祖先的荣光发扬光大,如此就必须有一个齐心协力的队伍,你用军法治家当然没错。云家不一样。云家现在就是一个大杂院,这里住着很多需要一个遮风避雨之所的人。等到他们觉得没有必要再居住在云家了,他们就会离开。在这个过程中,志同道合的人会留下,我会慢慢地沉淀人才,用几十年的时间去营造一个真正的云家。丑庸不过是在云家屋檐下住过的一只燕子,有了新家,离去是很正常的事情,用不着杀人。"

曹襄笑道:"霍去病也是这么想的。这家伙很早以前就告诉我,他想有一个大院子,里面住满了奇人异士,有很多旅人会从远方带来无数的新的消息,让他得以开阔眼界。朋友来了,就喝酒;敌人来了,就比剑;敌友未明的人来了,就纵论四海风物。现在啊,你跟霍去病都在努力地向自己的目标前进,我无论如何也不能落后。朋友之间如果差距太大,也就做不成了。"云琅笑而不语。

霍去病跟李敢是两个非常有实践精神的人,他们对如何打理好一个农庄非常感兴趣。为此,他们不惜从最基础的农耕开始。云家的麦子长势很好,主要是冬日施在田地里的草木灰起了很大的作用,一亩地的产量达到了三石,这样的收成即便是熟田也很难达到,没想到云家的生田却已经达到了。新式农具的大量运用，对作物的生长非常有好处，比如深耕，能把腐殖土从深处翻出来，以滋养农作物。

　　云家种植的小米、糜子很少，基本上是麦子。当初张汤对于云家大量种植麦子的事情很不满，所以，麦子收获的时候，他再一次来到了云家。

第一二一章 云家的新农业

"你准备马上补种糜子跟谷子?"

"是啊,你也看见了,仆役们正在选种,小家伙们正在准备耕犁。麦子收获之后,会把麦秸烧掉还田,然后翻耕土地,继续播种!"

张汤皱眉道:"大汉也有'四耕五作'之说,不过指的可不是关中一带。"

云琅笑道:"不试验一下怎么知道成不成?失败了,最多损失一些人力跟种子;如果成功了,收获可就大了。"

张汤摇头道:"有人已经这样做了,也成功了,只是地力有穷时,不给土地休养的机会,一连两三年都休想有好收成,得不偿失啊。"

云琅笑道:"地力其实是可以增强或者弥补的,牲畜的粪便、树林里的落叶、麦子收割之后残留的麦秸都是增补地力的好东西,哪怕是池塘里的淤泥也能达到这个效果。"

张汤笑着指指云琅道:"该信的时候就信,不该信的时候总该看看结果再做论断。等你收获了下一茬庄稼之后我们再说吧。听说你彻底治愈了平阳侯的怪病？"

云琅叹息一声道："哪里是什么怪病啊？淮河以北种植稻米的地方，这种疾病非常普遍，而且，越是往南，患这种病的人就越多。南人多信神巫，患这种病的人大多会被当作妖魔鬼怪烧死。大夫有所不知，将患病之人烧死的做法虽然不可取，却是减少这种病患发生的最粗暴、最有效的途径。这么多年来，也不知有多少人死在神巫的手中。我的药方不一定对所有人都有效，无论如何，少死几个就几个吧。"

张汤跟着叹口气道："南蛮之地，烟瘴横行，仅仅一个云梦泽（江汉平原上的古代湖泊群的总称）就阻隔了南北。当年秦皇派遣赵佗、任嚣攻打百越，秦末大乱之时，任嚣病死，赵佗自立南越国。偌大的一个南越国纵横万里，堪比昔日之楚国，至今犹未归顺，仅仅以诸侯国的身份供奉吾皇陛下，国内依旧以皇帝自居，甚是可恨。你的药方一旦散布出去，受惠最大的不是我大汉，而是南越国，因此，只能由国朝太医令掌管，你不要有什么想法。"

云琅悚然一惊，连忙道："被长平杖毙的医官……"

张汤笑道："长平并非嗜杀之人……"

云琅当然知道赵佗，中国历史上活了一百多岁的高寿皇帝也就他一位，能在蛮荒之地生活，且活到一百多岁，云琅想不记住都难。他努力地想让自己忘记那个可怜的医官，想想都后怕，云家庄子里知道这个药方的人更多……张汤的话让云琅汗毛都竖起来了，长平对那个医官下死手，原来是在保护云家庄子，他竟还鄙视了长平好久……

只要张汤来到云家，上林苑就没有好天气。今天也不例外，刮着好大的风。不过，这样的风对于刚刚碾压脱壳完毕的麦子好处很大，只要举着木锹将麦子扬起来，大风自然就会吹走干瘪的麦子跟麦壳，留下暗黄色的麦粒，堆在地上。云琅遏制了家里的小家伙们想要在这种天气点燃麦秸的冲动，他担心大火蔓延之下，连骊山都保不住。

下午红袖很明显地哭过，红红的眼睛把什么都暴露了。

"你跟大长秋是旧识？"云琅本来不想问的，后来还是没忍住。

"长秋公公跟我母亲是旧识，我母亲以前是长乐宫里的宫人，被陛下赏赐给了来家……"

云琅不等红袖把话说完，就阻止了她，笑道："这些话藏在心里，对谁都不要说。如果实在想要跟人倾诉，我建议你带上一篮子香瓜去你母亲的坟上说，现在那里很安静，没人打扰你。"

红袖最大的优点就是知道怎么控制自己的情绪，她感激地看了云琅一眼，就红着眼睛出去了。不大会工夫，就看见她提着一个小小的篮子，里面装满了果子，向她母亲的坟地走去。

小虫的父母都在，她自然无法理解红袖的痛苦，本来想跟着红袖一起去的，被她母亲给拦住了。自从丑庸去了阳陵邑，小虫就活泼不起来了。云琅朝小虫招招手，小虫就愉快地拉着老虎尾巴爬上了楼。云琅给了小虫一柄蜡刀跟一些熔化的蜡，这孩子就快活地趴在一块满是纹饰的麻布上，准备用蜡将麻布上那些已经勾勒出来的花样的空隙覆盖住。这是一种最原始的蜡染，也是云琅能想到的除了刺绣之外唯一能给单调的麻布增添花纹的方式。

最晚到明年开春，云家不但会出产数不尽的丝线，而且会有大量的麻布。今年麻长得很好，不但长得高，而且没有多少枝杈，从那些笔直的麻秆上能剥出又好又长的麻皮，经过浸泡、捶打之后，就能得到织造麻布所需的材料。

生产的准备总要做在前面的，这是云琅做事的习惯。总体上来说，云家现在类似一个农业工厂，云琅也愿意把云家变成一个农业工厂。对农业来说，工厂化作业是效率最高的一种劳作方式，而大量地雇佣妇孺来做这些事情，也是云琅为以后男子大量战死沙场之后劳动力缺失所做的一点准备。如果仅仅依靠妇孺就能有大量的农业产出，那么饿死人的事情无论如何都会少一些。在这个什么东西都属于皇帝，什么事情都要让位于军事的时代，云琅没有别的办法，只能挖掘汉民族最后的一点潜力。

天亮之后，云琅如约来到了长门宫。长门宫其实只是阿娇一个人的囚牢，虽然皇帝没有明说不许阿娇乱跑的话，阿娇却自觉地守在长门宫，没有去别的地方。

五六个拉着绳子的护卫被云琅指挥得团团转。在得到确切的数据之后，云琅开始在一张丝帛上绘制图样。经过对云家庄子的测绘，他对这一套已经非常熟悉了，寥寥几笔，一个碧波荡漾的水池便出现在丝帛上。为了突出效果，云琅甚至在大水池边上的两个小水池里，绘制了满满的荷花，在水池边特意画上松软的河沙，一些躺椅模样的东西被绘制在垂柳下。在水池的边沿，他甚至绘制了一条弯弯曲曲的滑道，滑道边上有一架高大的水车，水车将低矮处的水车到高处，水最后落在滑道上，顺着滑道倾泻而下。同时，人也可以顺着这条滑道滑下来，一直冲进水里。游泳池被云琅设计成了一个活水池子，这边利用滑道进水，那边利用地沟排水，如此，这个池子就不会胡乱长什么水藻。如果在进水口添加一个温泉进水处，混合了硫黄温泉的水池，将会彻底地杀死最后残存的水藻。

由于是分解图，云琅画好一幅，大长秋就会拿走一幅，交给另外一座楼阁里的阿娇看。到后来，阿娇自己来到了云琅绘图的地方，瞪着一双美丽的大眼睛，看得非常入神。

"这里为什么会有一个木台？"阿娇忍不住问道，并且探出一根手指，在云琅绘制的木台上点了点。没想到颜料没有干，她春葱一般的手指尖上沾染了一点淡黄色的颜料。

云琅笑道："游水是一种乐趣，尤其适合女子，听说经常游水的女子可以利用水流来塑造身形。这个木台是用来跳水的，炎炎夏日，从这个木台上纵身一跃，跳进清凉的水池里，最舒坦不过了。"

云琅笑得很温暖，声音也变得柔和，阿娇不知道想起了什么，看着云琅扑哧一声笑了起来,很有些花枝乱颤的意思。她拍着手掌道:"太好了!快修快修,我已经等不及要看到这个水池了,阿毚也一定会喜欢的!"

第一三二章 千金赋，万金池！

阿娇非常大方，一棵三尺高的红色珊瑚树，她眼睛都不眨地就随手送给了云琅当酬劳，仅仅因为云琅的目光在这棵珊瑚树上多停留了片刻。

大长秋在送云琅离开的时候笑吟吟道："这棵珊瑚树可是南越国献给阿娇的礼物。当年如果不是阿娇，赵佗的儿子赵始就会死在长安，哪来他现在登基做南越皇帝的事情？"云琅觉得有些不安，正要说话，大长秋挥挥宽大的袍袖道，"无妨，尽管拿着，这样的东西阿娇有六座，全是南越国进贡的。阿娇就是这样，只要是她看着顺眼的人，她根本就不会吝惜财物。"

云琅讷讷道："恐怕是阿娇自己就没有什么金钱概念吧？"

大长秋愣住了，过了片刻才爆发出一阵畅快的大笑，拍着云琅的肩膀道："恐怕是这样的。"

富人家的一个寻常物件，放在小门小户手里就能乐昏几个人。云家在阿娇面前，就是一个小得不能再小的小户人家。乐昏的人就是梁翁。他本来欢笑着去迎接阿娇家的马车，长门宫的仆役故意掀开了红珊瑚树上的红色绸子，珊瑚树就这样无遮无拦地暴露在灿烂的阳光下面，堪称玲珑剔透，光艳至极。梁翁眼神呆滞地瞅了一眼红珊瑚，僵在原地一动不动。长门宫的仆役似乎看惯了这样的场面，轻轻地一推梁翁，梁翁往后便倒。幸好他闺女小虫就在他身后看热闹，她用力地顶着父亲的身躯，急得大喊大叫。长门宫的仆役们见炫耀的目的已经达到了，哈哈大笑着离开了云家，连赏钱都不要了。在他们看来，就云家这种穷鬼家族，哪里能给得出符合他们身份的赏钱？万一给得少了，不接不行，接了又会破坏他们家的行情，让以后给赏钱的人为难。

云琅、曹襄、霍去病、李敢站在二楼上不断地摇头。曹襄看着身边的云琅道：“你家该换一个有见识的管家了，老梁实在是上不了台面。”

云琅笑道：“我家本就是泥腿子出身，没见过宝贝，有什么好奇怪的？”

霍去病皱眉道：“丢人其实无所谓，最多被人笑话罢了。你现在交游逐渐广阔，接触的贵人也越来越多，很多贵人都是有怪癖的，如果老梁无意中触碰到了贵人的痛处，贵人要你斩杀老梁泄愤，你干是不干？”

云琅笑道：“贵人之所以是贵人，就是因为他们在智慧上、情操上、行为上高贵。这样的贵人，如何会与老梁一个老仆一般见识呢？”

李敢笑道：“你说的那种贵人我也想见啊，可是你见到的贵人跟你说的贵人是两回事。现在的贵人是出入有车马，行走有仆婢护佑，锦衣玉食，稍有忤逆就大发雷霆，且不死不休，不如此不足以彰显自己贵人的身份。所以，老云，你还是换一个管家比较好。”

云琅再看一眼缓缓醒过来的梁翁，还是摇摇头道：“我比梁翁还要粗俗，接受不了梁翁的贵人，不认识也罢。”

三人见云琅打定了主意不肯换掉梁翁，只好随他去，毕竟，梁翁是云家的仆人，不是他们家的仆人。

当所有人都在忙碌时，自己却清闲，这样的时光就显得难能可贵。两个美艳的妇人，在垂着芦苇帘子的凉房里准备好各色瓜果、加冰的饮料以及麻将之后，其中一个绿衣服的美妇就退至窗前，仙嗡、仙嗡地弹奏起古筝来；另一个黄衣女子则跪坐在一个红泥小火炉前面，往炉子里投进松果煮水泡茶。

曹襄一边打麻将一边看那两个妇人，看了一会就对云琅道："今天的阵仗怎么这么大？"

云琅笑道："这些就是这两个妇人今后的谋生之道，先拿你们来试验一下，如果不错，就在阳陵邑开一家麻将房，专门伺候那些安静的达官贵人，她们只收一些茶水钱，用来养活自己。平阳侯认为可还使得？"

曹襄品尝了一口茶水，丢下一张牌道："还不错，如果阳陵邑有这样的所在，我还是愿意去的。"

云琅摸了一张牌，对那个眼巴巴瞅着自己的黄衣妇人道："良姬，还不过来谢过平阳侯的照拂？要知道，今后你们就能说支持你们开店的人是平阳侯曹襄！"两个妇人连忙过来，拜倒在地，连声感谢。

曹襄是一个大气的人，挥挥手道："好了，就这么办，以后在阳陵邑如果遭人欺辱，就去告诉侯府的家将曹福，他会帮你们处理麻烦事情的。"说完就看着云琅道，"你是故意的是不是？"

云琅点点头道："是啊，是你带来的混账玩意拿人家练箭法的，现在人家侥幸活命，你出力气赔偿人家一些有什么不妥的？"

坐在云琅对面的霍去病抬起头瞅了两个妇人一眼，从桌子上取了一锭金子丢给两个妇人道："这是今天的茶钱！"两个妇人见云琅笑嘻嘻的，就欢喜地收下了那锭金子，伺候得更加殷勤，毕竟，这是她们的第一笔收入。

三圈麻将打下来，霍去病最大方，果然赢得也最多，李敢最小气，所以这家伙输得也最多。霍去病赏出去了一锭金子，却收获了四锭金子跟两颗珍珠，手气正旺，准备继续，却被云琅给阻止了。给阿娇家修建水池是一件很烦琐也非常重要的事情。这个水池云琅有大用处，断然不能轻忽，今天下午，他准备把水池的立体木头模型给建造出来，不能再玩了。

小小的水车、滑道模型，家里的匠奴已经制造好了，云琅现在只要构筑好水池就行。模型不大，三尺见方而已，材料都是现成的。两个捏泥人的匠人不但能捏泥人，还能用麦秸搭建出楼阁模型，各种各样的楼阁、人物、器具模型摆了一屋子，架子上甚至有七八套城池模型，每一套都惟妙惟肖。云琅要做的，就是把这些材料一一归位，最后拼出一个整体模型。

眼看模型就要完工，曹襄却从屋子外面的松树上剪下一些松树枝，一一插在木板水池边缘的小洞里。原本建造模型是一个很简单的事情，霍去病、曹襄、李敢三人却很迷恋。云琅抬着自己的模型已经走出屋子了，那三个人依旧趴在木板上玩得不亦乐乎，看样子一时半会是不会出来了。

毛孩、危笃是云家孩子中除了褚狼最优秀的两个，与沉默寡言的褚狼不同，他们要机敏得多。他们两个抬着模型，云琅手里提着一篮子蔬菜，穿过已经有些枯黄的麻地，来到了长门宫。

大长秋见云琅三人来了，就笑呵呵道："老夫准备在这里修一条路，不知高邻以为如何？"

云琅笑道："自无不可，小子还指望时时来长门宫向长者请益。"

大长秋似笑非笑道："就不怕给你带来麻烦吗？"

云琅摇摇头道："长门宫如果有事，小子一家必定是城门失火殃及池鱼的下场，没什么好顾忌的。"

大长秋嘿嘿笑道："果然聪明，只是世故了一些，不像是一个热血的少年人，更像是一个历经世事的中年人。也罢，好意总不能拒绝。"说着就瞅瞅两个少年人抬着的模型，叹息道，"你觉得修建一个水池子真的能把陛下引过来，让陛下与阿娇重归于好？"

云琅皱眉道："恐怕不能，至少阿娇的皇后之位已经失去，不可能再拿回来了。不过，依在下判断，陛下与阿娇情意未绝，阿娇虽不能重归皇宫，未必不能与陛下再续前缘！"

大长秋长笑一声道："计将安出？"

214

第一三三章 不按常理出牌

云琅苦笑一声道："情义无价，何来计谋可用？唯求以最大的努力换取最好的结果罢了。"

大长秋笑得更加开心，用他的三角眼看着云琅道："办事老到得如同朝中那些千年老贼，你真的只有十五岁？"

云琅干笑一声道："我说我三十岁了，您也不信啊。"

大长秋没有过多关注模型，却围着云琅转了两圈，啧啧赞叹道："也不知道你的先生是如何调教出你这样的人才的。别看长门宫安静，对于自家的邻居还是了解一些的，一个小小少年，就知道吃亏是福的道理，这非常不简单。而且看事情看得如此远，更是难能可贵——董君的事情是你做的吧？"

云琅笑着摇头道："不关我事！"

大长秋看着云琅笑道："就是你做的，只是借用了张汤手里的刀子而已，在老夫面前你不用隐藏心思。你知道的，一旦阿娇与董君做出了丑事会是什么后果，以陛下高傲的性子，遭受了如此奇耻大辱之后，上林苑里的活人可能就剩不下几个了。这件事做得非常符合老夫的心思，即便你不动手，老夫也会动手，若是老夫动手，就不是仅仅将董君去势了……"

云琅额头冒出一层细汗，他总以为自己做得很谨慎，不论是霍去病，还是李敢，抑或是张汤，都没有看出什么蹊跷来，没想到被这个老宦官一眼就看了个通透。

老宦官笑眯眯地看着云琅又道："董君伤势复发，已经死了。"

云琅心里咯噔一下，轻声道："前些日子小子还听人说，董君伤势已经痊愈，正满世界扬言要与张汤理论呀！"

老宦官嘿嘿笑道："谁知道呢？有些人活得好好的却一睡不起，有些人病入膏肓了却不药而愈，这世上的事情就是这么神奇。"云琅连连点头，人家都说神奇了，自己还纠结个屁啊！"云家的饭食不错，老夫昨日拿回来的饭食，阿娇吃得很是香甜。作为邻居，日后但凡有什么好味道的吃食就送过来，对了，就让那个叫作红袖的小姑娘送过来。"

大长秋对那个池塘不感兴趣，云琅既然要利用那个池塘，就一定会倾尽全力的，既然自己在修造池塘上不如云琅，还不如撒手不管呢。这一看就是一个上位者，统御人手的本事非常强。

"云家的甜瓜都比别人家的好吃一些！"阿娇丝毫不顾形象地拿着半个甜瓜用勺子挖着吃，长长的乌发随意地垂在脑后，脚上套着一双木屐，边吃边走动，木屐把楼板敲得嗒嗒作响，她似乎很喜欢这种动静。

模型就放在一张桌案上，阿娇瞅了一眼笑道："这个池子能装得下陛下的那些宠妃吧？"

大长秋连忙道："陛下来长门宫从不带妃子。"

阿娇冷笑一声道："谅他也不敢！"

大长秋拍拍脑门道："娘娘以后万万不能再说出这样的话来，会惹得陛下不高兴。"

阿娇狠狠地吃了一口甜瓜道："他可曾考虑过我的喜怒？骗子，从小就骗我！"说完就坐在桌子前面，一边看模型，一边吃着手里的半个甜瓜，似乎忘记了自己刚刚说的话。这让大长秋很是惊奇，平日里，阿娇只要开始发怒，不发泄半个时辰无论如何都不会停止的，今天怎么了？

"这里应该安置一个秋千架。这里应该安置一个卧榻，卧榻一定要高，能看得清左右两边的荷塘才好。另外啊，荷塘边上应该设置一个钓鱼台，要距离荷塘近，让我躺在卧榻上就能钓鱼。至于荷塘里蚊子多这种事情，一定要想办法解决，要是我被一只蚊子咬了，你就去揍云琅！"阿娇说一句，大长秋就点一次头，到了后来，他也记不清阿娇到底提出了多少条件，只能期望阿娇的贴身婢女能够多记一些。

"让云琅把他家的卷心菜全部拿来，我喜欢吃，比菘菜好吃得多，还甜。再把厨娘派去他家好好学学。自从出宫之后，我就没吃过几顿可口的饭食。昨日那个凉面味道就很好，只是不该放那么多的芥末。最后告诉云琅，让他转告曹襄，拿走了我的长门宫卫后就再不露面，这可不是君子所为。"

大长秋见阿娇一只白皙的脚丫子挑着木屐不断地晃悠，知道这是这位主子心情极为愉悦的表现，就告一声罪，转身下楼。

没有事情的时候，云琅连进人家楼阁的机会都没有。事实上云琅也不想进去，他跟卓姬的事情已经在勋贵圈子里传开了，很多人都说他喜欢年纪大一些的妇人，比这更难听的话还有好多。要是让别人嚼舌头说他跟阿娇有什么，问题就大了……董君殷鉴不远，云琅可不想步那个倒霉蛋的后尘。

水塘其实就是一个陷阱，或者说是一棵招引刘彻这只凤凰栖息的梧桐树。帝王的戒心很重，刘彻更是从来未曾相信过任何人，要他来亲眼看一看云家庄子，对云家有一个切实的印象，这对云家未来的发展有着非常好的影响，至少再没人会怀疑连皇帝都不怀疑的人。这是最直接的办法，也是云琅能做到的极限。为了取信于这些大汉人，云琅堪称殚精竭虑，乃至无所不用其极。

217

云家庄子是要久远存在的，骊山始皇陵的秘密是要久远保密的，而只要论到久远，一个稳固的根基是万万不能少的。只有找到这个世界上唯一的那个说了算的人背书，才有可能完成这个久远的使命。这个世界谁说了算？毫无疑问就是刘彻，哪怕云琅对这个世界的人一直抱有一种俯视的心态，他也不得不承认刘彻才是这个世界的主人。皇权是一座根本就无法绕开的大山，愚公移山虽然让人敬佩，云琅却不愿意学愚公。把有限的生命投到无限的追求权势的道路上去，他觉得非常不划算。这个未被人类大肆开发的世界他还没有看够，他想去看看原始状态的海岸，想去看看原始状态的群山，想去人迹罕至的地方狩猎，更想去浩瀚的大漠看霍去病他们是如何马踏燕然的。如此，才不枉自己来大汉一遭！

站在楼外等候大长秋的时候，云琅漫无目的地在楼前面的草地上踱步。很快他就发现，这里的土地竟然是熟地，而且是非常肥沃的那种，随意地踢踢草根，草根下的黑色腐殖土就露了出来。

"以前种了一些陇西牡丹，不知为何没有成活，阿娇也没有心思看花，就弄成草地了。"大长秋刚刚出了楼阁，就看到云琅正蹲在地上捏着一团黑土研究，便扬声道。

"那种花是吃肉的花……"

大长秋笑道："难怪长寿宫里的牡丹开得最艳！"这种话不知道大长秋为什么敢说出来，云琅却是不敢的，因为长寿宫就是大名鼎鼎的皇后吕雉的住所。大长秋见云琅不接话，就把阿娇的要求一一说了出来，云琅特意把这些要求记录在绢帛上，准备回去之后就动手修改图纸。

"陛下调拨了一千五百名工匠进驻长门宫，平阳侯府也把八百名长门宫卫派来协助施工，这样一来，长门宫就住不成了。因此，阿娇准备征召你家一半的楼阁当作暂时的落脚地。回去准备吧，必须尽快把楼阁腾出来，闲杂人等不得靠近，否则，杀无赦！"

第一三四章 鹊巢鸠占

云琅的脸有些抽搐……"阿娇可以离开长门宫？"

"陛下什么时候说过阿娇不许离开长门宫了？她之所以不离开，是因为这句话是她丈夫说的，她可以不理睬皇帝，却不能违背自己丈夫的要求。现在，长门宫要动土，按理说阿娇可以搬去馆陶公主那里居住，可是啊，她们母女刚刚因为董君的事情闹翻了，而阿娇也不愿意去莫名其妙多了两个弟弟的家里居住。征召你家的房子最好，一来呢，你家就在长门宫附近，阿娇可以向陛下继续表示她遵从夫命的决心；二来，阿娇久不与外人接触，脾气渐渐变得乖戾，你家中大多为妇孺，居住在你家也少了几分猜忌，还能与人亲近一些，多少沾一些人气。如此安排，对谁都好啊！"

大长秋的话很有道理，这样安排确实对大家都好。这个大家包括阿娇、皇帝，也包括云家妇孺，只是没有把云琅这个人算在里面。唯独对云琅来说，这是一个糟糕得不能再糟糕的安排。阿娇来到云家借住的后果是什么？稍微想想，云琅就头大如斗……

大长秋呵呵笑道:"也不难为你,留你一个人你就是箭垛,所以,老夫向陛下请求,让曹襄、霍去病、李敢三个人帮你守卫阿娇,如此一来,你就没有那么惹眼了吧?"

云琅艰难地咽了一口唾沫道:"上林苑中,陛下的行宫多如牛毛……"

大长秋斜着眼睛瞅瞅云琅道:"奈何阿娇不去啊!"这个理由很充分……云琅无力反驳。

云琅回到家里的时候,曹襄、霍去病、李敢三人的脸色很难看。见云琅一脸愁容地回来了,曹襄笑道:"我就说这不是阿琅的主意,不用想就知道是那个死太监的主意。"

霍去病抽抽鼻子对曹襄道:"让你手下的人手脚快一点,早点把水池子修建完毕,我们也好早点回军伍上去。"

李敢无所谓地大笑道:"有上命,我们遵令就是了,想那么多做什么?左右不过一两个月的时间。"

云琅摇头道:"用不了那么长的时间,陛下从皇陵工地上抽调了一千五百名高明的工匠,专门来给阿娇修造水池。如果把这些人交给我安排,分成三班作业的话,半个月就能把水池挖出来。如果另外再派人挖掘引水渠、排水渠,速度还能更快一些。现在让人发愁的其实就是石料!"

霍去病漠然地瞅瞅荒原,淡淡道:"这里最不缺少的就是石料。你说要哪一种石料,我去阿房宫旧址上给你找,保管要什么石料有什么石料。"

曹襄拍拍脑门道:"这确实是一个好法子,我帮着去伐木,锯木板。"

李敢鼓掌笑道:"看来耶耶隐藏多年的手艺终于要派上用场了。不是要在池子边上栽树吗?我这就出发,满上林苑没人比我更清楚好看的柳树在哪里了。"

云琅幽怨地瞅着这三个大难临头各自飞的傻×,无奈道:"总要有人来保护阿娇才好啊。"

霍去病冷笑一声道："你以为这些年阿娇独自一人住在荒野里是怎么过来的？她连长门宫卫都不要啊！你看看，她在这里居住了四年，可有半点的危险？人家也不傻，就留了三十几个护卫，把长门宫的安危全部交给了皇帝。这时候，害怕阿娇出事的人是皇帝，可不是阿娇。"

云琅担心地瞅瞅四周，小声道："这么说，长门宫周边全是护卫？"

李敢笑道："反正我曾经在长门宫左近训练了一年多的时间，去病估计也在长门宫周边训练过吧？你想想将军是怎么安排的，所有的哨探面向的是不是都是长门宫？这样的训练是不是总是在进行？"

曹襄笑道："羽林卫每次参与训练的人有多少？"

霍去病笑道："五百，即便是我们去右扶风剿匪的时候，那里依旧有五百名兄弟在训练。当然，现在也不例外！"

曹襄对云琅展颜一笑道："人家根本就没指望我们四个人去守卫阿娇。那个死太监之所以这么说，是为了阿娇的名誉考虑，不管怎么说，阿娇都是昔日威风八面的皇后，该有的尊荣不能失。所以啊，我们兄弟就乖乖地去干自己想干的事情，全部离开云家，把这里交给阿娇算了，随她怎么玩，反正照你所说，顶多一个月的时间。"

云琅觉得曹襄说得很有道理，正要出言赞叹一下，满足一下这家伙的虚荣心，转眼就看见一身黑甲的公孙敖进了云家的院子。曹襄哈哈一笑道："守卫阿娇的人来了。"

云琅迎了出去，霍去病、李敢也匆匆跟上，这一位是三人的顶头上司，谁都不敢怠慢。倒是曹襄很不在乎，他的爵位在公孙敖之上，自然不可能出迎。

公孙敖很不客气，到了云家跟在自己家一般自在，从炉子上取了水壶倒了一杯茶，趁热喝了下去，就对云琅三人道："阿娇在云家期间，你们三人不得踏进家门一步，否则军法处置！"

曹襄远远地喊道："我们住哪？"

221

公孙敖哼了一声道:"草窠子,麦秸堆,露天,随你们的便!"

曹襄尴尬地笑道:"那就帐篷了!"

说话的工夫,梁翁已经给公孙敖准备好了一个食盒。公孙敖嗅嗅食盒,满意地对梁翁笑道:"好奴才,知道耶耶稀罕你家的葱油鸡跟卤肉,不错,不错!"笑着对梁翁说完话,又转过脸冷冰冰地对云琅、霍去病、李敢道,"明日辰时离开云家!"说完就提着食盒大踏步地离开了云家,跨上战马,一溜烟跑得不知所终。

云琅瞅了半天,也没发现羽林卫们都藏在哪里,就听见曹襄在抱怨:"那只葱油鸡是我的晚饭啊!老梁,你这个狗才,为何将我的葱油鸡给了公孙敖?"

梁翁满脸堆笑道:"老奴吩咐厨房做了四只,您的葱油鸡还好端端地在厨房里,倒是我家少爷的葱油鸡给了客人。"

霍去病、李敢、云琅一起哈哈大笑,曹襄早上才说梁翁不是一个合格的管家,现在人家做事的方式就很稳妥,这让曹襄很没脸面。

帐篷云家有,而且有很多。上一回那些纨绔来云家的时候带来了很多帐篷,全部被曹襄强留了下来,现在又派上了用场,这让曹襄很快就得意了起来。

麦场上的麦子已经晒好收进了粮仓,麦场上只有不多的一些麦秸留了下来。云家人喜欢烧煤石,不怎么喜欢用麦秸烧火做饭,冬日取暖更是有温泉,用不着麦秸。因此,云家的麦秸大都被烧成灰堆在田地里肥田了,留下的一点麦秸是准备给秋蚕搭建蚕山用的。帐篷搭建在麦场上最好。这些天云家的仆役们正在抢种糜子跟谷子,这些能干的妇人抢种完毕糜子跟谷子之后,马上就要为秋蚕忙碌了,一年到头没有一天的清闲。

云琅、曹襄、霍去病、李敢四人带着各自的仆役,晚上就住进帐篷里去了。那两个善于烹茶、调琴、伺候人打麻将的美妇也跟着住进了帐篷——听说阿娇不喜欢自己身边有漂亮的女人。至于红袖,她年纪还小,没有魅惑男人的本钱，所以，内宅里的事情全部交给她跟小虫打理。梁翁留在家里没有任何问题，一个听用的老仆而已，没人会在乎他的存在。

云琅他们刚刚离开云家去了麦场，大长秋派来的两个宦官就带着大批的侍女进了云家，如果他们刚才离开得迟一些，说不定会被赶走。眼看着天黑的时候侍女关上了大门，云琅回头对其余三人道："这算怎么回事啊?!"